KB184900

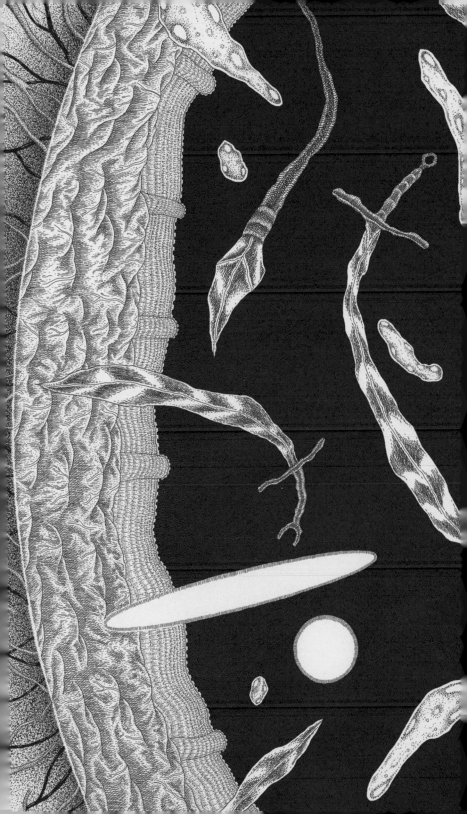

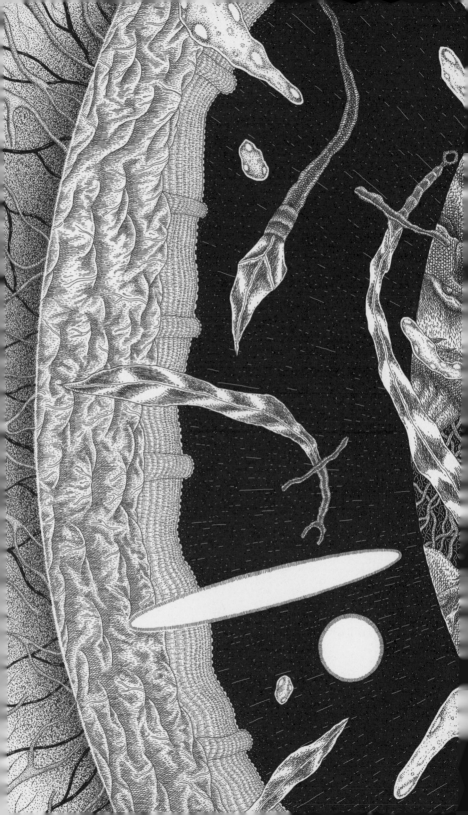

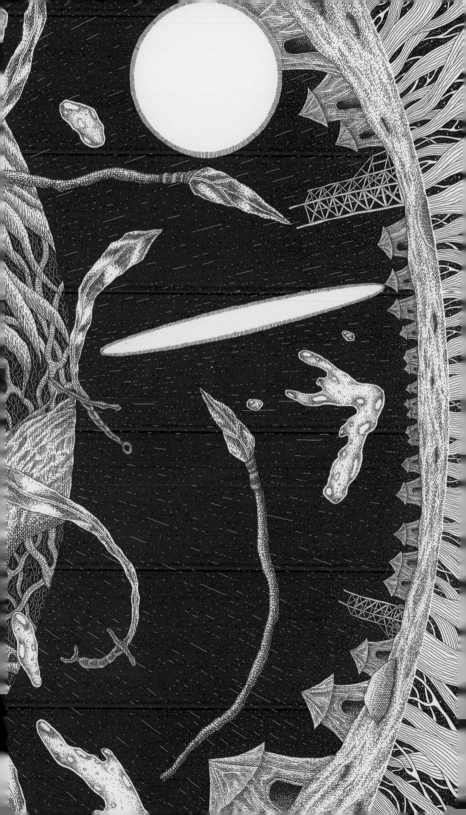

대장장이 왕 7

허교범 소설

땅에서 격전이 치러지고

하늘에 두 번째 태양아 솟아난다

위즈덤하우스

I

스타인 사람 넷이 모여 머나먼 땅의

전쟁에 관해 이야기한다

스타인에서 여관이라고 불리는 것들은 대개 규모가 작고 숙박을 위한 방이 따로 없는 일도 많았다. 손님들은 적당한 깔개만 있으면 바닥에서 자기를 주저하지 않았다. 스타인 사람들 태반은 죽기 전까지 자기가 태어난 고향과 이웃 마을을 넘어서는 여행을 떠나지 않으니 어쩌면 당연한 일이었다. 공무로 움직이는 사람들은 보통 젊은 관리들을 위해 마련된 숙소에서 방을 하나 빌리거나 귀족의 식객이 되는 쪽을 선택했다.

옛날부터 전통적으로 여관이라고 불리던 장소라 여전히 그런 이름을 달고 있었지만 주된 역할은 술집이자 사교 장소에 가까웠다. 한때 스타인의 치안이 엉망이었을 때는 무법자들이 모이는 곳이었다. 괜히 외지인이 돈 냄새를 풍기며 들어갔다가는 죽어서 시체로나 빠져나올 수 있었다.

지금 스타인 사람 넷이 모여 앉은 이 작은 여관도 한때는 강도의 소굴로 여겨지던 시절이 있었다. 주먹이 사람 머리통만

한 진짜 강도가 나타나서 옛 주인을 박살 내는 날까지 그랬었다. 그 대담한 강도는 자기가 대장장이 신의 사제라는 황당무계한 말을 늘어놓고 불기운을 지키는 어린 노예, 에퍼를 납치해서 달아났다고 했다.

－대장장이 신의 사제? 하, 팔아먹을 게 없어서 그 이름을 팔아? 역시 제국 강도들은 뻔뻔하기 짝이 없네.

가장 수다스러운 이는 돌아간 턱이 원래 자리로 돌아오지 않은 사람을 볼 때마다 옛일을 끄집어 냈다. 그러면 턱 때문에 말이 부자연스럽게 된 사람은 괜히 입을 벌리려고 애쓰는 대신 손을 저어 그만하라고 말리는 것이었다.

－게다가 여기 있던 멀쩡한 여관까지 불태웠잖아? 그 망할 놈이.

다른 사람이 그렇게 거들면 이제 말리기도 뭐해서 불쌍한 눈빛으로 자기 배를 내려다보며 피해자인 척했다. 사람들은 착실하게 여관을 경영하던 그가 못된 강도를 만나 봉변을 당했다고 진심으로 믿었다. 그가 여관에서 낯선 손님을 상대로 벌였던 강도질은 사람들에게 알려지지 않았다.

－세상에는 나쁜 놈들이 참 많아.

－그렇지. 착하게 사는 사람이 손해야.

새로운 친구들에게서 매일 그런 넋두리를 듣다 보니 옛 여관 주인은 정말 자기가 봉변을 당한 피해자인 것처럼 생각되었다. 가르젠인지 뭔지 이상한 이름을 대고 그의 턱뼈를 부순 다음 여관을 불태워 버린 악마야말로 진정한 악당인 것 같았다. 아픈 형을 버리고 떠나 버린 침비도 예의와 의리가 없는 인간인 것은 틀림없었다. 하기는 원래부터 제국에서 소매치기나 하던 범죄자에게 무엇을 기대하겠는가.

- 그래도 오늘은 비가 좀 그쳤어.

- 올봄에는 비가 왜 이렇게 오는 거야? 와도 적당히 와야지 농사를 다 망치겠어.

농사를 짓지도 않는 사람이 괜한 투정을 부렸다.

- 여기만 오는 게 아니라 저기 제국 땅에도 징그럽게 내린다고 하더라고. 그래서 전쟁이고 나발이고 양쪽 군대가 웅크리고 비만 피하기 바쁘다는 거야.

루 도인 군대가 지나가자마자 제국 동쪽에서 비구름이 일어나 서쪽으로 몰려들며 무서운 비를 뿌린 것은 사실이었다. 마치 제국에 들어선 루 도인을 그 땅에 가두어 두려는 것 같았다. 땅이 진창으로 변하고 물길이 바뀌는 바람에 개전 두 달이 지나도 양쪽 군대는 결전이라고 불릴 만한 전투를 치르지 못하고 사소한 투덕거림만 반복하고 있었다.

열악한 환경을 타고 전염병이 때를 만난 듯 활개 치며 병사들을 괴롭혔다. 양쪽 군대의 사기는 뚝 떨어졌다. 전선은 북쪽의 마곤에서 남쪽의 전쟁의 제단 사이에 그어진 채 몸이 둔중한 괴물처럼 꾸물거렸다.

이런 정보는 스타인 같은 변방에서는 아무리 돈과 명예와 권력이 있어도 좀처럼 구할 수 없는 것이었다. 그러나 술집에서 친구들에게 수다만 떨 줄 아는 사람이 마음껏 정보를 뽐내는 것에는 이유가 있었다. 그의 숨겨진 신분은 제국에서 파견된 까마귀들의 지역 책임자였다. 까마귀들의 수장 작은 말단까지 모두가 적당한 정보를 공유하는 체계를 구축해 놓았는데 그 혜택을 받아 정기적으로 소식을 듣고 있었다.

물론 같이 앉은 친구들은 그 사실을 아무도 몰랐다. 까마귀도 본래 그렇게 얻은 정보를 아무에게나 흘리면 안 되는 일이었지만 남 앞에 잘난 척하기 좋아하는 수다쟁이가 천성인 탓에 떠벌리기를 망설인 적은 단 한 번도 없었다.

─그럼 우리 군대는 뭐 하는 거야? 마르쿠스 님하고 북쪽 야만인들하고 같이 만든 군대 있잖아?

말하는 사람은 자신이 말하는 북쪽 야만인이 같은 스타인 사람이라고는 전혀 생각하지 않는 태도였다. 듣는 사람들도 전혀 거부감이 없는 듯 굴었다.

─마르쿠스 님의 군대는 젤레즈니로 갔다던데? 거기에 옛

황제가 악마들을 잔뜩 보냈다는 거야. 그걸 막으러 갔다지?

－그래서?

－어찌어찌 막기는 했지만 대장장이 왕이 죽은 모양이야.

－대장장이 왕이? 어리다고 들었는데.

－어리지, 암.

－그럼 또 새로 뽑는 건가?

－아니야.

까마귀의 태도가 단호해서 묻는 사람의 눈이 커졌다.

－죽었는데 새로 안 뽑아?

－그게 나도 잘 모르겠는데 대장장이 왕이 죽었는데 새로 뽑을 필요는 없대. 하나는 죽었지만 하나는 죽은 게 아니라는 거야. 나도 그게 무슨 말인지 잘 모르겠지만. 대장장이 왕이 둘이나 되는 것도 아니고, 원.

까마귀는 모른다는 말을 두 번이나 뱉고 나서 왠지 스스로 심기가 불편했다. 조금 전까지 거들먹거렸던 것에 대한 양심의 반동일 수도 있었다.

옛 여관 주인, 턱이 뒤틀린 사람은 잠깐 가르젠과 에퍼의 모습을 떠올렸다. 이제는 기억의 일그러짐 탓에 대략적인 형태만 남은 얼굴들이었다. 설마 그자가 진짜 대장장이 신의 사제였던 것은 아니겠지? 그 건방진 놈이 대장장이 왕이 되었을까?

지난 세월 동안 같은 의심이 여러 번 일어났지만 억지로 눌러 두었다. 그가 대장장이 왕이 될 사람과 그 사제에게 저지른 짓을 생각하면 신의 저주를 받아 마땅했다. 그러니까 인정해서는 안 되었다.

─전쟁이 우리하고 무슨 상관이 있나. 제국 놈들끼리 싸우다가 죽으라고 하고 우리는 이렇게 시간이나 때우면 되지.

한 사람이 그렇게 말하자 모두 맞장구를 쳤다. 새 여관 주인은 저런 한심한 놈들하고는 말도 섞기 싫다는 듯이 그들을 흘겨보았지만 다들 제 흥에 취해 그 태도를 확인할 눈썰미가 없었다.

평소 이들의 모임에는 목적이란 것이 정해지지 않았다. 그저 심심하니까 모이고 모이면 까마귀 지부장이 들려주는 이야기를 들으면서 먼 세상을 대충 상상해 보는 것이 전부였다. 그러나 상상과 현실에는 큰 차이가 있었다. 그들의 경험이 작은 마을에 속박된 탓에 더 넓은 세상의 이야기들은 구체적인 형태를 갖추기 어려웠다.

─아니야, 이렇게 가만히 시골에 묻혀 있다가 죽을 수는 없어. 우리도 이 세상에 태어난 이상 뭔가 해야 하지 않겠어?

까마귀의 말에 나머지 셋이 의외라는 듯이 눈을 동그랗게

떴다.

－우리가 뭘 해?

－우리는 할 게 없어.

－그렇지 않다니까, 이 사람들아. 우리도 당당한 사람들이니 할 수 있는 일이 있어. 이 나라를 위해서 말이야.

－이 나라?

－무슨 나라?

－스타인 말이야. 우리 모두 스타인 사람이 아닌가?

까마귀는 제국에 충성하는 마음으로 사는 주제에 뻔뻔하게 그런 소리를 늘어놓았다. 듣는 사람들의 눈이 가늘어지더니 각자 생각에 잠긴 것처럼 말이 없었다.

스타인은 조국이지만 마음 깊숙이 미움이 스며든 나라였고 그래도 또 조국인 것은 사실이었다.

－스타인이 뭐? 오줌 세 방울이 알아서 하겠지.

－오줌 세 방울은 할 줄 아는 게 없어. 우리같이 무식한 사람도 이제 그건 안다고. 스타인은 제국에 흡수될 거야.

－그러니까 우리가 그걸 막아야 하지 않겠나?

까마귀의 얼굴에서 열렬한 충성심 같은 것이 언뜻 드러났다가 사라졌다. 이런 것들에는 묘한 전염성이 있었다. 한 사람의 충성을 보고 나면 나머지도 아주 불충한 사람이 되기는 어려웠다.

　－우리가? 우리가 어떻게?

　－우리처럼 평범한 사람들도 세상을 바꿀 수 있어. 그게 피에스라고 하는 애국자의 생각이야. 그분은 한때 레푸스 님을 모셨지만 권력자들의 모함 때문에 물러나셨지.

　－피에스?

그 이름은 까마귀를 제외한 나머지도 들어 본 적이 있었다. 피에스라는 이름보다는 피에스의 사람들이라는 말이 유명했다. 한때 스타인을 제국으로부터 독립시켜야 한다는 사상에서 출발한 이들은 이제 스타인의 여섯 공국을 통일하기 위해서는 피에스가 지도자가 되어야 한다고 생각하는 집단으로 바뀌어 있었다. 피에스의 사람들은 조국 통일을 위해서라면 목숨도 바쳐야 한다고 믿었다.

　－과격한 사람들 아닌가?

　－그렇지 않아, 애국자들이야. 피에스 님은 나라를 걱정하시는 거야. 레푸스 대공에게는 그런 인물을 알아볼 눈이 없었지. 자네 말대로 오줌 세 방울에게는 너무 큰 기대를 걸지 않는 게 좋지 않을까?

피에스의 사람들은 피에스가 마르쿠스에게 쫓겨난 이후로 성격이 완전히 바뀌어 반정부 운동을 이끄는 것처럼 보였다.

그들은 레푸스가 간신들에게 둘러싸여 판단력이 흐려져 있으니 사람들이 힘을 모아 레푸스의 신하들과 군대를 물리치고 진정한 충언을 드려야 한다고 주장했다.

사실 레푸스에게는 간신의 무리라고 불릴 만큼 신하가 충분히 갖추어져 있지도 못했다. 피에스가 말하는 간신은 자기를 쫓아낸 마르쿠스를 의미했다. 피에스의 사람들은 마르쿠스가 전선으로 나간 봄 이후로 새로 세력을 모았다. 마르쿠스와 플리니 공국의 군대가 돌아오기 전에 정권을 차지해서 레푸스를 손아귀에 넣으면 충성스러운 마르쿠스도 어찌할 수 없다는 생각에서 나온 계획이었다.

군대가 돌아오기 전 정권을 잡아야 하는 피에스의 사람들은 점점 더 노골적으로 굴었다. 그들은 밤마다 정기적으로 모여 집회를 열었는데 일부의 말에 따르면 레푸스도 마르쿠스도 우리의 답이 아니라고 외친다고 했다. 이 과격한 의견을 거부하는 사람은 조용히 빠져야 했다. 그 자리에서 반론을 제기했다가는 분노한 사람들의 주먹과 발길질에 괜한 봉변을 당하게 되어 있었다.

까마귀 지부장이 피에스 이야기를 꺼낸 것은 스스로 그의 이론을 신봉해서는 아니었다. 피에스 같은 사람들이야 나라가 불안해지면 언제든 나타난다고 그는 생각했다. 그에게는 까마귀가, 까마귀들의 수장 작이, 제국의 황제 팔라스 펠리스가 있었다. 피에스와 황제 중에 누구를 따라야 옳은지 두 번 생각할 필요도 없었다.

다만 스타인에 퍼져 있는 까마귀들에게 같은 지령이 내려졌는데 피에스의 운동을 적극적으로 지원하고 그에 참여할 사람을 모으라고 했다. 반정부 세력을 키워 나라를 불안하게 만들면 전쟁이 끝난 다음에 스타인을 다시 삼키는 일에 유용했다. 스타인의 통일을 보장한 제국의 약속은 곧이곧대로 믿을 수 있는 것이 아니었다.

─ 그래서 피에스가 왕이 된다고?

─ 피에스 님이 레푸스 대공을 찾아가서 충성스러운 마음으로 이 나라를 개혁할 방안을 적은 문서를 바칠 거야. 그런데 피에스 님은 간신들이 세워 놓은 병사들을 뚫을 힘이 없지. 그 자들은 레푸스 대공의 눈과 귀를 막고 그분이 스타인의 진정한 모습을 보지 못하게 막고 있으니까. 그러니 우리가 나서서 길을 뚫어 드려야 하는 거야.

─ 마치 이미 피에스의 사람들이라도 된 것처럼 말하네.

까마귀는 죽었다가 다시 태어나도 그런 선택을 할 생각이 없었다.

─ 물론 나는 피에스의 사람들에 속해 있지.

- 정말 그 사람을 믿어도 되는 거야? 선동꾼이 아니고?

피에스는 분명 선동꾼 중의 선동꾼이라고 까마귀는 생각했다.

- 그 사람은 욕심이 없어. 자기 안위를 생각하지 않고 나라를 위해 목숨을 바칠 태세야.

피에스가 목숨을 바치는 것은 부하들이 전부 다 죽은 다음에도 일어날 법하지 않은 일이라고 까마귀는 생각했다. 그러나 그가 어떻게 생각하는지는 중요하지 않았다. 일단 되는 대로 떠들고 이 사람들을 설득해 할당량을 채워야 나중에 제국으로부터 받을 선물이 푸짐해지는 법이었다.

결국 인간의 삶이라는 것은 적당히 술수를 부려 다른 사람으로부터 긁어낼 수 있는 것은 다 긁어내 안락함을 누리는 것이 아니겠는가. 그 와중에 사람을 죽이기라도 하면 모를까 그런 큰 죄만 아니라면 다 용서되는 법이다. 가해자도 피해자도 곧 무덤에 들어가 썩고 또 썩어 육신이 형체도 남지 않게 될 테니 종국에 가서는 시시비비를 따질 일도 없다.

- 우리도 스타인 사람이니까 뭔가 해야지. 제국 사람이 되고 싶어? 어차피 제국 놈들은 우리를 하찮은 돼지로 취급한다고. 우리 스타인 사람들에게 기개가 있다는 걸 보여 주어야지.

턱이 돌아간 옛 여관 주인이 제일 먼저 식탁을 치며 동조했다. 사실 그는 아까 떠오른 생각, 가르젠과 에퍼의 정체에 관한 의심에 사로잡혀 있느라 까마귀의 말을 제대로 듣지 못했다. 그래도 일단 그의 말에 동의한 것은 불길한 생각을 떨치고자 하는 마음이 앞서서였다.

－그렇다면 나도 하지 뭐.

－그런데 아무리 피에스가 대장이라도 피에스의 사람들보다 더 멋있게 부를 수는 없었던 건가?

－내일 밤에 모임에서 만나자고, 그럼.

까마귀는 장소와 시간을 말해 주고 먼저 일어섰다.

－가는 거야?

－오늘은 영 몸이 좋지 않아서 그런지 파르바주 한 잔에도 취하네.

실은 이것도 거짓말이었다. 그는 오늘 밤 참석해야 할 모임이 두 개 더 있었다. 그들에게도 피에스가 얼마나 훌륭한 지도자이고 스타인을 사랑한다면 어떻게 행동해야 하는지 역설하려면 힘을 비축해 두어야 했다. 아무리 수다를 좋아하는 그라도 밤새 떠드는 것은 입술 아픈 일이었다.

다행히 나머지 모임에서의 일도 잘 풀렸다. 까마귀는 자기의 입담에 만족해서 거드름을 피우며 집에 돌아갔다. 낮까지 늘어지게 자면서도 죄책감을 느끼지 않았다. 이미 사흘 치는 수고한 기분이었다.

　밤이 되어 느긋하게 모임 장소에 나가 그가 포섭한 사람을 찾아보니 머릿수가 하나 모자랐다. 옛 여관 주인, 턱이 돌아간 그 사람이 없었다.

　－그 친구는 왜 안 왔어?

　－아.

　돌아온 이야기는 충격적이었다.

　－어제 그 친구가 뭐가 그렇게 기분이 좋았는지 진탕 퍼마시더라는 말이야. 그리고 집으로 돌아가다가 발을 헛디뎠던 모양이야. 떼굴떼굴 구르다가 바위에 머리를 쾅. 그대로 끝났어.

　－끝났다면?

　－죽었어.

　까마귀는 분통을 터뜨렸다. 이야기를 들려준 사람과 주변에 선 이들의 눈에는 친구의 허망한 죽음에 화를 내는 것처럼 보였다. 실제로는 할당량을 겨우 채웠는데 한 명이 빠지게 된 것이 분노의 원인이었다. 이럴 줄 알았으면 여유 있게 한두 명은 더 포섭해 둘 걸 싶었다.

　－그 멍청한 놈이 그렇게 죽다니.

　허공에 욕을 퍼붓는 것도 모르는 사람에게는 친구의 죽음을 원통하게 여기는 태도로만 보였다. 사람들이 몰려들어 그를 위로했으나 곧 연설이 시작되어 모두 흩어졌다. 피에스의 심복이라고 주장하는 사람이 나와 그가 품은 큰 뜻과 모두가 해야 할 일을 힘주어 외쳤다.

– 그래서 우리는 레푸스 대공에게 갈 겁니다. 그에게 대답을 요구할 겁니다. 그가 우리가 원하는 지도자인지 눈과 귀로 직접 확인할 겁니다.

레푸스 대공에게 간다고? 그는 어떻게 나올까? 피에스를 다시 신하로 맞아들일까? 까마귀는 죽은 사람 따위는 금방 잊고 생각해 보았다.

레푸스 대공의 눈에 피에스의 사람들은 민란을 일으킨 것처럼 보일 것이다. 그렇다면 진압하려고 들 테고 피에스의 사람들은 분노해 무장 세력으로 돌변할 것이다. 누구나 생각할 수 있는 너무도 당연한 귀결이었다.

– 저 망할 놈이 노리는 게 바로 그거겠구먼.

까마귀가 그렇게 혀를 끌끌 차며 집회에서 나오는 것을 아무도 눈치채지 못했다. 다들 연사의 말에 흥분한 까닭이었다.

까마귀는 옛 여관 주인의 장례식에 가지 않았다. 레푸스 대공의 성으로 몰려간 피에스의 사람들의 소요에 동참하지도 않았다. 나중에 듣기로는 무력 충돌이 있었고 체포된 사람이

수백 명이라는데 개중에는 그가 포섭한 인물도 몇 명 되는 모양이었다. 사실 이 모두가 그와는 전혀, 전혀 상관없는 일이었다.

피에스의 사람들은

피에스의 아이들로도 불린다.

그 속에 담긴 경멸을 알아차리기는

어렵지 않다.

II

루 도인에서 마법사가 괄시당하는 와중에

작은 전투가 벌어진다

이제 우리는 생각의 합의라는 것에 도달한 것 같구나. 그렇게 불러도 좋다면 말이다.

형이 말하는 것에는 나도 어느 정도 동의하고 있어. 물론 우리에게는 아직도 분리된 사고 영역이 있지만.

그런 부분이 아예 없다면 우리는 하나의 개체가 되는 거니까. 아무튼 너에게 길게 설명하지 않고 지식을 공유할 수 있어서 다행이다. 이제 너도 우리가 품은 알과 툰과 세가 왜 만들어졌는지 완전히 깨달았을 테니까.

형에게 들은 것도 있고 어렴풋이 알고는 있었지만 모든 것을 알고 나니 형의 계획에 놀라지 않을 수 없어.

내가 준비한 것이 아니라 우리의 아버지로부터, 그 선대의 왕으로부터 전해진 유지야. 우리가 이걸 해내지 못하면 세상에서 마법사라는 존재가 완전히 사라지게 될 테니 말이야. 그러면 우리는 옛이야기에나 나오는 전설 속의 사람들이 될 거다.

그렇다면 우리의 힘도 사라지는 건가?

제아무리 강한 우리도 자연의 위대한 힘에서 벗어날 수 없어. 서둘러야 해. 바람이 멎고 나면 우리가 품은 알과 툰과 세가 이슬처럼 스러질지 혹은 별처럼 폭발할지 예상할 수 없으니까.

그런 일은 일어나지 않을 거야.

형제의 대화가 이어지는 동안 동생 아리셀리스의 육신은 눈을 감고 가만히 앉아 명상하는 것처럼 보였다. 형 라토의 육신은 이미 세상에서 사라지고 없었다. 이제 한 몸에 두 사람이 머물렀고 둘의 대화는 음성이 따로 필요하지 않았다.

―아리셀리스, 일어나.

둘이 깊은 대화를 나누는 동안에는 어느 쪽도 몸을 제어하는 데 관심을 기울이지 않아 겉으로 보기에 아리셀리스가 기절하거나 죽은 것처럼 보일 때가 있었다. 그래도 뜻하지 않은 실험으로 확인한 바에 따르면 가만히 두어도 숨은 알아서 잘 쉬는 것 같았다. 처음에 아리셀리스가 융합의 부작용으로 죽었다고 생각해 난리를 피웠던 사람들도 이제는 인내심을 발휘해서 계속 말을 걸어 주었다.

―아리셀리스, 일어나라니까?

아리셀리스가 눈을 끔벅이더니 어깨를 부르르 떨며 입으로 이해할 수 없는 소리를 냈다. 그 모습을 볼 때마다 루비 카르멘은 약간 섬뜩한 기분이 들었다. 마치 이어져서는 안 되는 고대의 금지된 마법을 만나는 듯했다.

─그래, 카르멘.

자다가 일어난 것처럼 목소리에 힘이 없었다. 그러나 두 사람이 동시에 말하는 것 같은 느낌은 마찬가지였다.

─어째서 눈을 뜨고 대화하면 안 되는 거지?

짜증이 담긴 질문이었다. 루비의 수장에서 피난민 지도자가 된 다음부터 카르멘은 이전과 같은 여유로움을 보이지 못했다. 사실 전보다 더 마음이 평안한 사람은 아리셀리스뿐이었다. 그의 정신을 파고들며 괴롭히던 모순이 해결되었으니형과 몸을 같이 쓰는 것쯤은 불편하지도 않은 것처럼 굴었다.

─아, 예전에 설명하지 않았나? 그러면 시각과 청각이 공유되어 둘이 대화를 나눌 때 말로 설명할 수 없는 이상한 기분이들어. 마치 스스로 생각하고 대답하는 것 같아. 어쩌면 감각이공유될 때 둘의 정신도 일부가 동화하는 작용이 일어나는 게아닐까?

─그렇다면 밤에 대화를 나눠, 아리셀리스. 낮에는 눈을 뜨고 활동해야 하니까.

─아직 밤이 아니었던가?

창문과 가림막 사이의 틈에 그어진 선이 눈부셔서 그런 변명은 통하지 않았다.

루비 카르멘은 라토와 아리셀리스가 같은 몸에 머물게 된 믿을 수 없는 상황에서 그를 어떻게 불러야 할지 처음에는 고민했으나 이제는 깔끔한 해답을 준비해 두었다. 몸은 여전히 아리셀리스의 것이었으니 아리셀리스라고 부르는 것이 맞았다. 그런 결론을 내릴 수 있었던 것은 위대한 조언자 아녜시와 그 주제에 관해 대화를 나눈 것도 유용했는데 아녜시의 하인, 이름이 코라인지 코르인지 하는 자의 이론이 중요한 역할을 했다.

─ 저는 어렸을 적부터 사람이란 몸이 절반 영혼이 절반이라 들었고 그렇게 믿었죠. 그래서 누구는 몸이 더 중요하다고 하고 누구는 영혼이 더 중요하다고 하는 것 아니겠습니까? 그런데 지금 마법사 왕과 동생께서는 영혼이 두 개인데 한 몸에 억지로 욱여넣었으니 몸과 영혼을 합쳐서 세 개입니다. 그중 두 개가 동생의 것이니 동생의 이름으로 부르는 것이 맞지 않겠습니까?

단순하지만 핵심을 꿰뚫은 셈법은 카르멘이 코르를 다시 보고 감탄하게 했다. 이 작은 지혜는 모두에게 골고루 퍼졌다. 그래서 라토와 아리셀리스를 부르는 호칭 문제는 누구에게도 다시 화제로 떠오르지 않았다. 유일하게 아쉬움을 표한 것은 아베로에스뿐이었다.

─그렇게 결론이 났다니 아쉽군. 나는 라리셀리스 아니면 아리셀리토라고 부를 생각이었는데. 그것도 아니면 에메랄드라고 해도 좋고.

아베로에스의 의견이 대세가 되지 못한 것은 두 이름을 합쳤을 때 어느 쪽도 발음하기 좋거나 산뜻한 느낌을 주지 못한 탓이었다. 그의 감각으로는 전혀 문제가 없었기에 아베로에스는 진심으로 안타깝게 생각했다.

─아리셀리스?

─아무리 이 몸의 주인이 아니라고는 하나 나는 더 이상 이름으로 불리지 못하게 되니 서운하군.

이번에는 확실히 라토의 목소리였다.

─형은 자기 몸을 간수하지 못해서 나에게 얹혀 지내는 거니까 그 정도는 감수해야 돼.

둘의 몸이 따로 있었을 때 아리셀리스는 형에게 그런 농담을 하는 동생이 아니었다. 둘이 붙은 것은 적어도 둘의 관계에는 도움이 된 듯했다.

그리고 사소한 문제이지만 둘이 서로의 생각을 들여다보면서 이해하게 된 것이 하나 더 있었다. 바로 눈앞에 있는 루비 카르멘에 대한 마음이었다. 형제는 확실하게 그 성격을 구별하는 것이 어렵지만 카르멘에게 깊은 애정을 품고 있었다. 그러나 둘 다 선뜻 나서지 않은 것은 자기가 카르멘을 독차지하는 것이 상대에게 미안하다는 생각을 버리지 못해서였다.

－아침부터 이렇게 서둘러야 할 일이 뭐지?

－전쟁이야?

－황제가 이쪽으로 군대를 보냈나?

형제의 목소리가 번갈아 가며 질문을 내어놓았다.

－아니, 루 도인은 그렇게 중요한 전략적 가치를 지닌 땅이 아니야. 북쪽의 작은 나라들을 평정하는 일은 놋이 맡은 것 같아.

놋. 거리는 멀지 않지만 마법사들에게는 스타인 만큼이나 멀게 느껴지는 나라였다. 두 나라는 서로를 미워한다기보다는 아예 존재하지 않는 것처럼 여겼는데 그만큼 서로 다르기 때문이었다. 싸우다가 상대를 알게 되기보다는 시선을 돌려 보지 않는 쪽을 택했다.

－놋이라면?

－왕의 지휘에 일사불란하게 반응하는 강한 군대로 유명하지.

－그랬던가?

아리셸리스의 목소리가 물었다.

ㅡ놋은 전쟁이 없어도 군대를 꾸준히 유지해 왔어. 그 나라에는 일종의 오락과 같은 거야. 강한 왕권을 강한 군대로 보장받는 거지.

대답은 온전히 라토의 목소리로 나왔다. 둘은 대화를 위해 입을 열 필요가 없었지만 루비를 배려한 것이었다.

ㅡ그러면 드디어 루 도인 사람들과 마법사 왕국의 피난민들이 연합해서 싸우는 건가?

아리셸리스의 목소리는 기대에 차 있었다. 나머지 둘은 그 기대를 굳이 깨려고 들지 않았다.

ㅡ아베로에스 님이 우리에게 심부름꾼을 보내셨어. 우리도 회의에 참여할 자격을 받은 거야. 지금 출발해야 저녁에 열리는 회의에 늦지 않을 거야.

ㅡ일어나야 할 이유로는 충분하군.

아리셸리스는 몸을 벌떡 일으켰다. 루비는 그의 얼굴이 루 도인에 온 이후로 변한 것을 알아차렸다. 본래 아리셸리스는 주름 없는 매끈한 얼굴이었지만 이제는 그렇지 않다. 형의 영혼이 들어간 것이 얼굴에도 영향을 끼쳐 라토의 모습이 얼핏 보였다.

아리셸리스와 카르멘은 이제 제법 익숙하게 다룰 수 있는 마타를 타고 달린 끝에 슬슬 컴컴해지는 초저녁이 되어서야 아베로에스를 방문할 수 있었다. 그는 아리셸리스와 카르멘이 처음 찾아갔을 때처럼 마타의 털을 빗겨 주며 일방적으로 이야기하고 있었다.

─놋 사람들은 옛날부터 예의를 모른다더니 선전 포고도 없이 이 땅으로 쳐들어온다는구나. 막무가내로 대가리를 들이미는 것이 너와 다를 바가 없다. 네 조상 중에는 놋 사람이 섞여 있는 모양이다. 네 머리와 놋 사람의 머리를 바꾸어 달아도 침을 멀리 못 뱉는다는 점을 빼면 구별하기 어렵겠지.

아베로에스의 농담은 손님들이 듣기에는 유쾌했지만 당사자에게는 그렇지 않았는지 마타가 발을 구르며 침을 뱉었다. 딱히 주인을 노리고 한 행동이 아니고 매양 하는 짓이라 아베로에스는 힘들이지 않고 피하며 빗질을 계속했다.

누가 알리자 그제야 마법사들을 발견한 아베로에스가 빗을 바닥에 내팽개치고 급한 걸음으로 다가왔다. 환대의 표시였다.

─마지막 손님이 오셨군요. 지금까지 저 안에 들어가기 싫어 바깥에서 마타를 상대하고 있었습니다. 싸우려고 벼르는 사람들이란 성깔머리 고약한 마타보다도 피곤한 족속들입니다.

아닌 게 아니라 아베로에스의 안내를 받아 너른 회의장 건물 안으로 들어가 보니 각자 작은 무리를 다스리는 지도자들이 이미 술이 얼큰하게 취해 저마다 목소리를 높이며 침을 튀기고 있었다. 아리셸리스 안에 있는 라토는 자기가 왕이었던 시절에 비슷한 일을 많이 겪어 보았던 터라 참지 못하고 웃어 버렸다.

　─여러분.

　아베로에스의 목소리는 술 취한 자들보다 크지 않았는데도 순식간에 다른 목소리를 채찍으로 두드리듯 잠잠하게 만들었다.

　─마법사 왕국의 왕 에메랄드 라토 님과 그의 동생이자 명성이 온 땅에 자자한 에메랄드 아리셸리스 님, 루비 가문의 수장이신 루비 카르멘 님이 오셨습니다.

　─둘만 왔는데 어찌 셋이 왔다고 하십니까?

　웃음의 물결이 좌중을 작게 흔들었다. 그들은 라토와 아리셸리스에게 벌어진 일에 대해 무지하지 않았다. 그저 믿을 수 없는 허무맹랑한 소리라고 생각하는 마음과 마법사 따위는 대단하게 생각하지 않는다는 과시가 적당히 결합해서 나온 소리였다. 아베로에스는 그 무례함에 미간을 좁혔다.

　─우리에게 벌어진 일을 의심하는 것은 여러분의 자유입니

다. 나는 그 일로 여러분을 설득하러 온 것이 아닙니다.

그러나 형제는 설득할 마음이 있었다. 태연하게 말하면서 일부러 둘의 목소리를 섞는 것으로 모자라 거기에 마법의 힘을 조금 담아 세상에서 다시 들을 수 없는 기괴한 파동을 만들어 냈다. 듣는 사람들은 카니세리움을 만난 것처럼 경악하더니 금방 잠잠해졌다. 그들의 피부가 떨린 것은 공포 때문이 아니라 실은 마법으로 인한 것이었으나 둘을 구별하기는 어려웠다.

아베로에스와 마지막 손님들이 들어오기 전까지 족장들이 나누던 이야기의 핵심은 크게 두 가지였다. 첫 번째는 족장들의 아버지, 대족장이 받아들인 마법사들이 전쟁에 대체 무슨 쓸모가 있느냐는 것이었다.

완전히 틀린 말도 아니었으니 군인으로 훈련받지 않은 일반적인 마법사의 능력이란 전쟁에 그다지 쓸모가 없었다. 아리셀리스처럼 공기를 흔들고 땅을 뒤집는 능력은 고사하고 돌멩이를 손대지 않고 땅에서 들어 올려 던지는 정도가 다였다. 적의 눈을 잠깐 현혹하는 일에는 쓸모가 있을지 몰라도 전쟁에는 어울리지 않았다.

마법사들은 처음부터 없다고 친 족장들에게 더 중요한 문제는 놋 왕의 직속 부대를 상대하는 일이었다. 저 옛날 명성을 떨쳤던 괴물 뱀 나트릭으로부터 이름을 따온 부대는 사람 키의 두 배, 그러니까 2키나가 넘는 긴 창을 자유자재로 다룰 뿐 아니라 부대가 마치 생명체처럼 유기적으로 움직인다고 알려져 있었다. 명령을 내리지 않아도 서로의 움직임을 보고 싸우며 한 명이 쓰러져도 생명체가 상처를 회복하듯이 빈 곳을 채운다고 했다.

아베로에스와 휘하의 족장들이 전쟁을 벌인다면 분명 마타를 타고 달리며 적진을 휘젓는 것을 중심 전략으로 삼아야 할 텐데 이 단단한 부대에는 비집고 들어갈 틈이 없었다. 오히려 긴 창 때문에 마타가 크게 다치게 될 확률이 높았다. 족장들 모두 자기 마타를 아끼는 마음은 마찬가지라서 누가 선봉으로 나설 것인가를 두고 다투고 있었다.

―그 문제에 대해서라면.

아베로에스도 거기까지 말을 꺼냈을 뿐 답이 없기는 마찬가지였다. 소문으로만 들었지 놋의 부대를 직접 만난 적이 없으니 대비하기도 어려웠다.

처음의 열정적인 토론이 밤기운에 녹고 피로에서 비롯된 막연한 패배감이 드리웠을 때 마법사 왕과 그 동생이 자리에서 벌떡 일어났다. 족장들의 눈이 빛난 것은 그가 지혜로운 해결책을 찾았다고 생각해서였다.

─여러분, 칼을 드십시오.

그 의미를 가장 먼저 알아차린 것은 아베로에스였다. 그가 허리춤에 잡은 칼을 뽑는 것은 어설픈 사람의 눈에는 보이지도 않을 만큼 빨랐다.

─여러분 어서.

아베로에스의 말이 끝나자마자 작은 창마다 사람이 쏟아져 들어왔다. 루 도인이라고 불리는 이들이었다. 그들의 피부는 색깔이 다양했지만 모두 반쯤은 투명하고 핏줄이 들여다보였다.

아베로에스는 얼굴을 가린 침입자들의 손에 들린 무기를 보고 훈계하듯 외쳤다.

─그대들의 사제가 이 일을 시켰는가? 같은 땅에 사는 사람들끼리 피를 보려고 하다니.

침입자들의 양심을 찌르기에는 역부족이었는지 그들은 일제히 아베로에스의 목을 노리고 달려들었다. 어쩌면 처음부터 대족장인 아베로에스를 노리고 온 자들인데 그가 손쉽게 정체를 드러낸 셈일 수도 있었다.

루 도인의 빠른 공격을 피하려면 그저 뒤로 물러설 수밖에 없었다. 아베로에스는 몇 걸음 물러나다가 의자에 걸려 바닥을 한 바퀴 구른 다음에야 정신을 차렸다. 방심했다가는 삶의 마지막 밤이 될 수 있었다.

술에 취한 다른 족장들은 정신을 차리지 못하고 흐느적거렸다. 개중에 아직 술이 머리끝까지 차지 않은 이들은 무기를 들어 되는 대로 휘둘렀지만 훈련받은 루 도인의 몸에 닿기에는 역부족이었다.

아리셀리스는 힘을 사용하기 전에 형에게 동의를 구했다.

-그러나 우리가 품은 알과 툰과 세를 제어할 힘을 넉넉히 남겨 두어야 한다. 단번에 너무 격렬하게 힘을 사용하면 반응해서 폭발할지도 모른다.

라토는 마치 사람의 마음에 공간을 빌려 거주하면서 끊임없이 잔소리를 늘어놓는 양심처럼 굴었다.

-알겠어.

대답이 끝나기 무섭게 아리셀리스는 아베로에스에게로 달려갔다. 마침 대족장의 코를 도려내려던 칼끝이 아리셀리스가 급하게 내뿜은 기운을 맞고 뒤로 밀려났다. 그러나 적은 당황하지 않고 다시 칼을 찌르고 들어왔다. 그들을 사주한 이가 마법사의 방해까지 예상하고 명령을 내려 둔 것 같았다.

아베로에스가 칼을 들어 맞서려는 것을 아리셀리스가 말렸다.

-지금은 아닙니다.

다급해서 나온 말은 두서가 없었으나 대충 무슨 말인지 아베로에스도 알아들었다. 아베로에스가 다치거나 죽어 구심점을 잃은 군대로는 놋의 침략에 맞설 방법이 없었다. 지금은 가만히 보호받아야 했다.

아리셀리스는 양손으로 큰 방어막을 펼쳤다. 겉으로는 아무것도 보이지 않았으나 막상 그 안으로 칼을 집어넣으면 공기가 빽빽하게 느껴져 동작이 느려졌다. 그 안에서라면 아리셀리스도 아베로에스도 어렵지 않게 공격을 피할 수 있었다.

그러나 계속 방어만 할 수는 없는 노릇이었다. 게다가 아베로에스에게 몰려드는 적의 숫자는 자꾸 늘어나 이제는 대여섯이나 되었다. 저항하던 족장들이 칼에 베여 쓰러지거나 항복하는 바람에 남은 전력이 집중되는 탓이었다.

아리셀리스는 방어막의 크기를 점점 넓혔다. 두 사람만 겨우 가리던 것이 공격하는 주위의 루 도인을 전부 삼키고 더 나아가 마법의 힘으로 주변의 집기를 닥치는 대로 던지는 카르멘에게까지 확장되었다. 방금 술 항아리에 머리를 맞은 루 도인에게까지 퍼진 다음에도 멈추지 않아 커다란 방 전체가 시간이 느려진 것처럼 보였다. 아베로에스는 아리셀리스의 명성이 헛되지 않음을 직접 눈으로 확인하느라 잠시 싸움을 잊었다.

아직 전세가 역전된 것은 아니었다. 아리셸리스의 공간 속에서 허우적거리기는 모두가 마찬가지였다. 그의 마법이 영원히 지속되는 것도 아니었다.

이대로 소강상태가 이어질 것을 걱정한 아베로에스가 입을 여는 순간 루 도인들이 갑자기 물속에 빠진 것처럼 몸부림을 쳤다. 그러나 움직임의 격렬함이 아리셸리스의 마법에 모두 흡수된 탓에 동작은 느리고 우스꽝스럽게만 보였다.

- 저항할 힘을 잃을 때까지만 저들이 숨 쉬는 공기를 차단하려고 합니다.

- 죽이지는 마시오.

상황이 마무리되고 나자 아베로에스는 자신의 계산에 심각한 결함이 있었음을 깨달았다. 그가 다스리는 사람들이 맞서야 하는 것은 놋 왕의 나트릭 부대가 전부가 아니었다. 루 도인이라는 이름을 홀로 짊어진 사람들도 적이라는 사실을 인정 때문에 잊고 있었다. 그렇다면 승산은 열 중 셋에서 하나로 떨어졌다.

싸움을 혼자서 끝낸 마법사는 뭐가 그렇게 흐뭇한지 계속 싱글거렸다.

어쩌면 싸움의 향방이 그대에게 달렸군요. 아베로에스는 이 말을 속으로 삼켰다.

◆

- 루 도인은 이방인이 아닙니까?

- 이방인이 아니다.

- 루 도인은 우리 중 하나입니까?

- 우리 중 하나다.

- 어째서 그렇습니까?

- 그들은 우리 땅에 함께 살면서

우리와 같은 것을 먹고 마시며

같은 하늘을 보고 잠든다.

그런데 어째서 우리 중 하나가 아니란 말이냐?

묻는 이의 말문을 막은 대족장은

옆에서 바닥을 기는 손자를 보며 싱긋 웃었다.

아기는 나중에 어른이 되어

아베로에스라는 이름을 받게 될 예정이었다.

◆

III

2급 서기관 스탐노스가

황제에게 때늦은 보고서를 바친다

스탐노스 펠리스, 황제의 2급 서기관, 폴로 공국의 전쟁 기록관, 카라지치의 여덟 번째 문하생, 두란테의 아들이 황제께 바칩니다. 머리를 겸허히 숙이고 나아가 두 손으로 문서를 받들고 한쪽 무릎을 꿇어 직접 바쳐야 마땅하지만 전장에서의 임무가 끝나지 않아 부득이하게 사람을 보내어 전하는 불충을 부디 용서하여 주십시오.

　젤레즈니에서 소란이 벌어진 지 이미 두 달이 지났으나 아직도 제국 전역에서 소문만 무성할 뿐 실제로 일어난 일이 무엇인가에 관해서 제대로 아는 사람이 없는 실정입니다. 이에 황제께서 보잘것없는 사람을 몸소 지명하시어 문서로 보고할 것을 명하셨습니다. 황제의 충성된 신하는 머리가 아둔하고 몸놀림이 민첩하지 못해 황제를 오래 기다리게 하는 죄를 범한 뒤에야 마침내 진상을 밝혀내어 이를 기록으로 남깁니다.

　젤레즈니와 우리 제국 사이의 관계는 최근까지 조화롭지

못했는데 이는 반역자 오셀롯이 제국 정예병을 동원해 젤레즈니를 침략했던 일을 기원으로 두고 있습니다. 한때는 이것을 젤레즈니의 반역으로 취급했으나 오셀롯이 간악한 의도를 드러낸 지금에 와서는 무리한 침략을 일으켰다는 의견이 힘을 얻었습니다. 오셀롯이 에젠 땅에서 반란자들의 지도자가 된 직후 젤레즈니는 마땅히 황제의 명을 받들어 이를 처단하는 일에 힘을 보태기로 했습니다. 다만 젤레즈니는 한 사람의 구명을 요청했으니 그는 황제께서 아시는 대로 한때 대장장이 왕이라고 불리었던 오카브입니다.

오카브는 젤레즈니를 멸망의 위험에서 구했다는 이유로 오랫동안 그 땅에서 영웅으로 숭배되었습니다. 또한 제국에서는 사도로 규정되어 금지된 대장장이 신을 믿는 신앙이 젤레즈니에서는 민간뿐 아니라 귀족 사이에서도 널리 퍼져 있습니다. 그 땅에서는 마을마다 대장장이 신의 신전이 있는 실정입니다. 여기에는 젤레즈니 사람들의 제국에 대한 반감도 작용한 것으로 보입니다.

황제께서는 바다와 같이 넓은 마음으로 제국 정예군을 해친 반역자 중의 반역자 오카브의 죄를 용서하셨습니다. 이후 오카브는 대장장이 신의 신전을 떠나 젤레즈니로 간 다음 젤레즈니 여왕과 결혼했습니다. 황제께 이 사실을 이미 보고한 사람이 있을 것으로 감히 짐작합니다. 젤레즈니 여왕은 현재 임신한 것으로 알려졌지만 직접 만나서 확인할 기회는 얻지 못했습니다.

반역자 오셀롯은 전쟁 초반에 루 도인 군대를 보내 각국을 습격했습니다. 그중 한 갈래는 애커로 가서 왕을 시해했고, 다른 한 갈래는 무엄하게도 우리 수도를 노렸으나 방비 태세를 확인한 다음에는 차마 공격하지 못하고 발길을 돌렸습니다. 이 무리는 젤레즈니로 가기 위해 크게 돌다가 대장장이 신의 신전에서 저항에 부딪혀 싸운 것으로 알려져 있습니다.

이 싸움의 결과에 대해서는 대장장이 신의 신전에 직접 가서 확인하기 전에는 사실 여부를 파악하기 어렵습니다. 다만 대장장이 왕은 후술할 이유로 전투에 참여하지 않았고 양쪽 모두 큰 피해를 입었다는 소문이 있습니다. 그래도 루 도인의 잔존 세력은 무사히 젤레즈니에 도달해 다른 무리와 합류한 것으로 보입니다.

루 도인 무리 중 마지막 하나는 곧장 젤레즈니로 가서 여왕의 목을 노렸습니다. 젤레즈니 왕가와 친분이 있는 대장장이 왕은 그쪽으로 가서 방어를 도운 것이 확실합니다. 그래서 그가 대장장이 신의 신전을 지키는 전투에 참여하지 않은 것으로 여겨집니다. 여기까지가 젤레즈니에서 벌어진 전투의 배경입니다.

전투가 시작되기 전에 오카브는 먼저 카부스빌의 좁은 협곡으로 향했습니다. 그가 예전에 제국 정예군을 상대했던 바로 그 땅입니다. 저는 예전에 폴로 공국의 전쟁 기록관으로 임명되자마자 부임지로 향하면서 이곳에 들러 사방을 살핀 적이 있습니다.

카부스빌은 젤레즈니에서 남쪽에서 흘러내리는 물이 오른쪽으로 치우쳐 흐르도록 비스듬히 파낸 도랑처럼 생겼습니다. 젤레즈니 전체 땅에 비한다면 작은 골짜기에 불과하겠지만 인간이 그 땅에 서 보면 한끝에서 다른 끝까지 숨차게 달려야 하는 너른 길이 쭉 이어집니다. 어째서 이런 지형이 형성되었는지 파악하는 것은 제 능력 밖이지만 커다랗고 둥근 물건을 바닥에 끄는 바람에 양쪽으로 흙이 밀려나서 작은 언덕을 형성한 것처럼 보입니다. 그러나 옛날의 저 용들이 살아서 돌아온다고 해도 이런 일을 벌일 엄두는 내지 못할 것입니다.

제국에서 젤레즈니로 들어가는 통로는 여럿이 있으나 카부스빌 앞에 뚫린 길은 지름길 중의 지름길이라고 말씀드릴 수 있습니다. 젤레즈니까지 도달해서 지친 여행객이나 군대가 멀리 돌아가는 길을 선택하기보다는 널찍하게 뚫린 이쪽을 이용하는 것이 본능적인 선택입니다. 우리 제국 정예군도 과거에 같은 선택을 했습니다.

당시 전쟁 기록관의 보고서를 읽었을 때는 스스로 함정 속으로 발을 들인 제국 정예군의 선택이 어리석게 보였습니다. 그러나 글을 통해 보는 현실은 결국 글을 쓴 사람의 협소한 시야를 벗어날 수 없다는 것을 새삼 깨닫게 됩니다. 카부스빌 땅에 서서 자연이 이루어 놓은 놀라운 형상을 보고 있노라면 이 땅이 진퇴가 곤란한 땅이거나 매복과 기습에 유리한 땅이라는 생각은 전혀 들지 않습니다.

이 땅에서 오카브는 반역자 오셀롯의 군대 중에서도 황제 앞에 설 수 없는 가장 천한 신분인 루 도인의 군대를 맞이할 생각이었습니다. 그러나 그의 제자이자 대장장이 왕인 에이어리가 군대보다 하루 먼저 그 땅에 도착했습니다. 마침 그 자리에는 황제의 까마귀 둘이 숨어서 전쟁을 목격하고 보고하기 위해 대기하고 있었습니다. 그들이 짝을 지은 것은 혹시 한 사람의 눈과 귀에 현혹하는 환경과 마음이 들어서더라도 서로 상의해서 사실을 바로잡기 위함이라고 하니 까마귀들의 교묘한 수법이 이와 같습니다.

카부스빌의 까마귀는 혼란스러운 전장을 모두 관찰한 뒤에 무사히 빠져나왔고 저는 먼저 그들을 면담하고 여러 목격자를 따로 만난 끝에 현실을 다시 구성할 수 있었습니다. 그러나 오카브와 에이어리의 대화는 전적으로 까마귀들의 기억에 의존하고 있습니다. 그들이 훈련받은 기억술이 탁월한 수준이라고는 하나 막상 둘의 의견이 일치하지 않는 부분은 제가 임의로 조각을 맞추었습니다.

까마귀들은 언덕 위에 엎드려 아랫길에 선 두 사람의 대화를 들었습니다. 거리가 멀었지만 그 땅이 어떤 조화를 부렸는지 소리가 선명하게 들렸다고 합니다. 그러나 멀리서 보기에도 오카브가 에이어리를 맞이하는 태도에는 어색하고 쌀쌀맞은 기운이 감돌았다는 것이 둘의 공통된 판단입니다.

─에이어리. 여긴 어떻게 왔지?

─젤레즈니 여왕님이 위기에 처했다는 소식을 듣고서 달려왔어요. 그 이야기는 스승님이 위기에 처했다는 뜻이기도 하니까요. 스승님이라면 이번에도 여기서 적을 맞으실 거라고 생각했거든요.

─그래. 와 준 것은 고맙다.

까마귀들은 이 말에도 진짜 감사하는 기운이 전혀 느껴지지 않았다고 지적했습니다.

─우리 대장장이 신의 신전도 적을 맞닥뜨렸어요.

여기서 스승은 감정이 격렬해져서 제자를 꾸중했다고 합니다.

-그럼 너는 신전을 지키지 않고 여기에 왔다는 말이냐?

-사제장과 가르젠이 자기들에게 맡겨도 좋다고 했어요. 적은 감히 신전 땅을 밟을 수 없을 거예요.

-하긴 그렇겠지.

침묵이 흐른 다음에 에이어리가 다시 말을 꺼냈습니다. 이 대장장이 왕은 만난 사람들에게 한결같이 수다스럽다는 평판을 듣고 있습니다. 그런 사람들은 침묵을 견디지 못하고 의미가 없는 말이라도 내뱉는 법이지요.

-저는 사실 어렴풋이 짐작하고 있었어요.

-무엇을?

-신께서 스승님의 힘을 완전히 거두지 않으셨다는 걸요. 그래서 스승님은 혼자 적을 맞을 각오를 하고 여기 오셨겠죠.

-어떻게 알았지?

-유산.

여기서 대장장이 왕이 속삭이는 목소리가 너무 작아서 두 까마귀도 제대로 듣지 못했으나 둘의 공통적인 증언에 따르면 유산이라는 말이 확실히 나왔다고 합니다. 그러면서 에이어리가 한쪽 팔을 치켜들었다는데 이것이 무슨 의미인지는 알 수 없습니다.

-누구도 신의 힘을 받지 않고서는 이런 정교한 물건을 만

들 수 없어요.

－그건 순전히 내 힘으로 만들었는데?

－정말요?

－아니다, 네 말이 맞을 거다. 어쩌면 나도 모르게 신에게
받은 힘을 흘려 넣었을지도 모르겠구나. 숨기겠다고 하면서
도 제대로 숨기지 못하고 증거를 남겼군.

－신께서 스승님의 힘을 빼앗지 않으신 것은 지금을 위해
서일지도 모릅니다. 젤레즈니를 지키라고요.

－나도 그렇게 생각한다.

－저도 스승님과 함께 이 땅을 지키기 위해서 왔어요.

－그건 안 된다.

오카브의 대답은 미리 준비한 것처럼 급하게 나왔다고 합
니다.

－어째서요?

－잊었느냐? 내가 지금부터 하려는 일은 신과 세상의 저주
를 받아 마땅한 일이다. 나 혼자서 감당해야 해. 세상에 저주
받은 대장장이 왕이 둘이나 나와서는 안 된다.

－스승님은 저주받지 않으셨어요.

－아니야, 나는 저주받았다. 그래도 아직 이 땅에 남은 이유
는 이 일을 마무리하기 위해서야. 침략자라고는 해도 다시 신

의 힘을 빌려 루 도인의 피를 땅에 뿌리면 용서받지 못할 거다.

- 그러면 데네브 님과 아기는 어떻게 되는 거죠?

- 내가 여기 온 목적이 무엇이겠니? 두 사람은 나 없이도 행복하게 살 수 있을 거다.

이때 에이어리가 갑자기 실성한 사람처럼 웃었습니다. 두 목격자가 상의하지 않고도 각자 실성이라는 말을 사용했습니다.

- 저는 세상에서 스승님을 가장 존경해요. 하지만 스승님도 때로는 어리석으시군요.

오카브는 화를 내기는커녕 반응이 없었습니다.

- 우리는 학살을 하지 않고도 그들을 막을 수 있어요. 그러면 저주받을 일을 했다는 죄책감에 시달릴 일도 없고요.

- 나도 그런 생각을 해 보지 않은 것은 아니다. 하지만 적은 코앞에 있고 인간보다 몇 배는 강하다는 루 도인이다. 그들을 죽이지 않더라도 치명적인 상처를 입게 하지 않고는 제압할 방법이 없어.

- 대장장이 왕이 하나라면 그럴 수도 있겠지요. 그러나 지금 이 자리에는 역사 이래 최초로 두 대장장이 왕이 함께 서 있어요. 그렇다면 못 할 일이 뭐가 있겠어요?

─에이어리, 에이어리. 말도 제대로 못 하던 꼬마가 진정으로 대장장이 왕처럼 구는구나.

─대장장이 왕이니까요.

그들의 감동적인 대화는 여기에서 끝이 났습니다. 까마귀들의 보고에 따르면 이후로 두 사람은 거의 말을 하지 않았다고 합니다. 그래도 의견이 충돌하거나 각자 준비하는 일이 서로 걸리적거리는 일은 없었습니다. 마치 한 사람이 마법으로 둘로 나뉜 다음 일하는 것 같았습니다.

그들은 카부스빌의 너른 길과 양쪽의 둥근 언덕을 전부 헤집다시피 했습니다. 인간의 힘이었다면 천 명은 되는 일꾼을 동원해도 하루에 끝내기에는 무리인 일이었습니다. 그들이 땅 밑에 무엇을 설치하는지 몰래 지켜보았지만 그 정체를 파악하는 것은 까마귀들에게도 어려웠다고 합니다. 더 놀라운 것은 루 도인의 군대가 눈에 보이는 곳까지 당도해서 그들의 말이 땅을 내딛는 소리에 주위가 울리기 시작했을 때 카부스빌의 모습이 예전과 조금도 다를 바가 없었다는 증언입니다.

오카브와 에이어리는 너른 길의 한가운데에 서서 반역자 오셀롯의 명령을 따르는 루 도인 군대를 맞았습니다. 갑옷이나 칼 같은 것으로 무장하지도 않은 상태였는데 바닥에 커다란 그림이 그려져 있었다고 합니다. 제가 좁은 식견으로 짐작하기에는 이것이 대장장이 왕의 문자가 아닌가 합니다. 그 신비한 작용으로 몸을 지킬 작정이었을 것입니다.

루 도인 군대는 150명 정도 되었습니다. 이것은 나중에 전해진 사실, 루 도인 선발대가 모두 셋으로 구성되었고 각자 병력이 150명이었다는 정보와 일치합니다. 앞에서 그들을 이끄는 대장은 스무 살이 겨우 넘은 듯한 젊은이였지만 기골이 장대하고 말을 다루는 솜씨도 남달라서 부하들보다 몇 마신은 앞서서 달렸습니다.

그는 아마도 루 도인 사제 아래에 있는 장군일 것입니다. 그의 이름은 아직 제국에 전하는 바가 없습니다. 그에 대해 비교적 상세한 사실을 자세히 알고 있는 이들도 이름을 묻자 난처한 듯 입을 다물었습니다.

까마귀들이 목격한 장면은 여기까지였습니다. 이후로 갑자기 하늘이 땅으로 떨어지고 땅이 하늘로 솟아 위와 아래가 뒤바뀌는 듯한 감각을 경험하며 까마귀들은 잠시 정신을 잃었다고 합니다. 그들이 다시 상황을 확인했을 때는 이미 모든 것이 끝나 있었습니다.

황제께서 무한한 은혜로 용서해 주신다면 지금부터는 훈련받은 까마귀들이 아니라 인근에 거주하는 사람들로부터 받은 증언을 바탕으로 일어난 일을 설명하려고 합니다. 그들의 증언은 교육받지 못한 자들답게 좁은 식견과 옹졸함의 소치로 반드시 신뢰할 만한 것은 못 되지만 여러 사람의 말을 모아 본 결과 개중에는 건질 만한 것이 있었습니다. 무엇보다 그들이 이 현상을 끝까지 목격한 유일한 증인들입니다.

이들은 상대적으로 먼 거리에서 일어난 일을 지켜보았던 덕분에 근방에 있었던 까마귀들처럼 부끄럽게 기절하는 일은 없었습니다. 하늘과 땅이 뒤집히는 순간을 목격한 이들에게 묻자 몇 가지 증언이 나왔습니다. 그 말을 여기에 직접 인용해 보려고 합니다.

―갑자기 언덕의 흙이 막 좌우로 쏟아져 흘러내리는 것이 아니겠소? 그리고 땅에 묻혀 있던 용의 다리뼈가, 용의 뼈가 얼마나 큰지는 잘 아시지요? 뼈가 솟아오르고 썩어서 그런지 검고 끈적한 피가 사방으로 뿌려집디다. 여기에서 들어도 소리가 어찌나 큰지 금방 귀가 먹먹해졌소.

―그 사람은 언덕이 눈을 가린 상태에서 일어난 일을 본 것이 아닙니까? 나는 그때 높은 지대에 있어서 그 일이 일어나는 걸 다 내려다봤습니다. 일단 그 주변은 땅이 전부 곤죽으로 변했다고 생각하세요. 루 도인인지 뭔지 하는 것들은 모두 말에서 떨어져 바닥에 붙었지요.

―부하들은 다 고꾸라졌다 이 말이오. 그러나 앞에 있는 대

장은 요리조리 피하면서 달리는 것이 앞에 서 있는 사람들에게 닿을 듯했단 말이지. 그런데 말이란 것도 결국은 사람의 뜻을 헤아리기에는 부족한 물건이라 마지막에 견디지 못하고 주춤하며 넘어지려고 합디다. 그러니까 이 대장이란 자가 하늘로 번쩍 뛰어오르더니 앞에 선 사람에게 몸을 날렸는데.

마지막 목격 증언은 세 가지로 정리할 수 있습니다. 루 도인의 대장은 대장장이 왕들에게 달려들었습니다. 그러고 나서 큰 빛이 사방으로 퍼져 사람들의 눈을 잠시 멀게 할 지경이었다고 합니다. 빛이 잦아들고 정신을 차렸을 때 남은 대장장이 왕은 어리둥절한 표정이었고 대장장이 왕 중 하나와 그를 덮친 루 도인의 장군은 처음부터 그 자리에 없었던 것처럼 사라졌다고 합니다.

고귀한 혈통을 받지 못한 천한 이들이 쉽게 기적과 마법을 믿고 모든 것을 그런 쪽으로 해석하는 현상에 대해서는 황제께서 누구보다 잘 아실 거라 믿습니다. 신하 된 자의 도리는 황제를 보필하며 그런 무지와 맞서 그들이 미몽에 빠져 그릇된 선택을 하지 않도록 다스리는 일에 있을 것입니다. 그러나 이들의 증언이 환상에서부터 나왔다고 하기에는 그 일관성이 너무 뚜렷합니다.

이후의 전개와 민간에 떠도는 헛된 소문을 살펴보아도 일어난 일을 뒷받침하고 있습니다. 이날 카부스빌 사방에서의 목격 증거에 따르면 해가 잠시 폭발했다고 하는데 대장장이 왕과 루 도인 장군이 충돌하며 생긴 빛을 설명하는 것으로 볼 수 있습니다. 대장장이 왕이 죽었다는 이야기가 사방에 퍼진 것도 이 현상을 설명하는 과정에서 나왔다고 짐작할 따름입니다.

어찌할 바를 모르고 서 있던 오카브는 한 떼의 군대를 맞이했는데 젤레즈니 여왕이 이끄는 무리였다고 합니다. 그녀는 남편을 거두고 루 도인 군대를 포로로 잡은 다음 다시 자기 거처로 돌아갔습니다.

이 일이 일어난 지 두 달이 지났고 그 면모를 모두 기록한 다음에도 대장장이 왕과 이름 모를 루 도인 장군의 행방에 대해서는 밝혀진 것이 없습니다. 제 의견으로는 빛을 뿜는 강렬한 폭발의 여파로 두 사람의 몸이 뼈도 남지 않을 정도로 타버린 것으로 여겨집니다. 그렇다면 대장장이 왕의 죽음을 말하는 소문이 반드시 헛되다고 볼 수는 없습니다.

그러나 저 대장장이 왕에게는 신비한 일이 항상 따라다니니 그가 죽지 않고 어딘가에 숨어 있을 가능성을 염두에 두어야 합니다. 까마귀들의 수장 작은 제가 보고한 내용을 제외하고도 여러 정보를 가지고 있을 것입니다.

황제께 바치는 보고는 제가 관찰하고 들은 내용을 꾸밈없이 적은 것입니다. 이 중 작은 부분이라도 황제를 속이려고 제 마음대로 왜곡한 것이 있다면 조상과 자손이 영원히 저주받을 것을 맹세합니다.

　스탐노스 펠리스, 황제의 2급 서기관, 폴로 공국의 전쟁 기록관, 카라지치의 여덟 번째 문하생, 두란테의 아들이 황제께 바칩니다.

－황제께서 나를 전쟁 기록관으로 임명하셨다는

소문이 도는데 사실이오?

머리와 수염이 희끗한 서기관이

난처한 얼굴을 한 남자의 팔을 붙잡고 물었다.

－그렇습니다. 곧 임명장을 받으실 겁니다.

－그러나 전쟁 기록관이라는 것은

이제 쓸모가 없어진 자에게 주는 한직이 아닌가?

전쟁이 일어나지 않는데 전쟁 기록관이

무슨 쓸모가 있다는 말인가?

－혹시 모르지요. 전쟁이 일어났는데

보고서를 제대로 남긴다면

황제께서 다시 곁에 두시지 않겠습니까?

IV

디노펠리스가 시비스 그라스의
진중에 머물면서 심기를 거스른다

– 망할 놈의 비가 영원히 멈추지 않을 듯 내리는군. 하늘이 녹아서 무너져 내리겠어.

에젠 대공이자 제국 정예군의 절반을 다스리던 사람이 아침에 일어나자마자 창밖을 보며 화를 벌컥 냈다. 그는 이제 과거의 지위를 모두 잃은 것이나 마찬가지였다. 자기가 모시는 주군의 반역이 성공한다면 황제 바로 아래의 지위를 얻지만 실패한다면 목이 잘리게 되어 있었다. 어느 쪽이나 지금의 처지와 달랐다.

처음 전쟁을 시작할 때부터 승산은 확실했다. 광대처럼 말을 타는 루 도인을 고려하지 않아도 그랬다. 그는 군대를 운용하는 일에 있어서는 제국의 누구보다 뛰어났다. 제국 정예군의 절반이면 황제의 군대와 그 주변의 어설픈 원군까지 박살낼 자신이 있었다.

오셀롯이 괜히 루 도인을 끌어들인 것이 불만이기는 했으나 이해할 수 없는 일은 아니었다. 오셀롯은 확실하게 고정된 나무판에도 못질을 더 하는 사람이었다. 그에게는 일생이 걸린 모험이니까 루 도인의 젊은 장군이 설치는 것도 용납해야 했다.

물에 적신 공기로 채워 놓은 것처럼 축축한 복도를 지나 계단을 내려서니 익숙한 얼굴이 나타났다. 그 당돌한 태도는 처음 만났을 때나 지금이나 조금도 다를 바가 없었다. 심기를 거스르면 당장 자기를 죽이라고 명령할 사람 앞에서도 위축되지 않는 것이 신기했다. 오셀롯 앞에서 자유롭지 못한 자신의 태도를 생각해 보면 더욱 그렇게 느껴졌다.

─그라스 님, 일어나셨군요.

─그래, 비가 그치지 않는군.

─저는 태어나서 지금까지 이 땅에 이렇게 비가 오는 것을 처음 봤어요. 봄에는 오히려 가뭄이 드는 것이 자연의 규칙 같은 곳이거든요.

─병법책에 이런 말이 있네. 인간이 세우는 전략은 전쟁에서 세 번째로 중요하다고.

─그러면 첫 번째와 두 번째는 뭐죠?

─첫 번째는 신의 뜻이고 두 번째는 자연의 오묘한 변화이지. 나는 사실 둘을 같은 것으로 넣지만 말이야.

-자연은 신의 뜻에 복종하니까요?

-아니, 신 같은 건 사실 없고 설령 있다고 쳐도 둘 다 내 명령에 따르지 않으니까.

-그렇다면 황제도 신이나 자연과 같은 영역에 속하는 건가요?

그라스 시비스는 가끔씩 튀어나오는 여자의 재치를 만날 때마다 즐거웠다. 그의 부하들에게서는 얻기 어려운 것이었는데 충성심과 규율은 사람을 구운 벽돌처럼 딱딱하게 만드는 부분이 있었다.

-확실히 황제는 신이나 자연과 같지. 자연이 변덕을 부리는 것이나 황제가 변덕을 부리는 것은 비슷한 부분이 있어. 다만 황제도 인간이니 자연을 이길 수는 없지.

이어질 내용은 불충해서 입 밖으로 내놓기 조심스러웠다. 오셀롯이야 멀리 에젠 땅에 있다지만 그의 눈과 귀가 어디까지 뻗었을지 함부로 짐작하는 것은 어리석었다. 까마귀를 수족으로 부리던 오셀롯이 설령 작과 사이가 멀어졌다고 해도 먼 곳에서 정보에 캄캄한 상황을 가만히 즐길 리는 없었다.

이 집이 오셀롯의 군대, 그라스 시비스의 선택을 받은 것은 주변에서 가장 크고 화려해 처음부터 눈에 띈 덕분이었다. 그는 지금도 테리아를 처음 만난 순간을 기억했다. 정교한 장식을 돋을새김한 문을 양쪽으로 활짝 열고 들어서니 넓은 공간 한가운데 젊은 여자 하나가 마치 기다렸다는 듯이 서 있었다.

－누구지?

주위에 물었으나 당연히 대답하는 자가 없었다.

－저는 테리아입니다. 이 집의 주인입니다.

여자는 두려워하지 않았다. 그라스는 군인답게 그런 것을 잘 알아차렸다.

－어째서?

더 말하지 않아도 그라스가 물으려는 것은 명백했다.

－이 집을 지키기 위해 저만 남았습니다. 다른 가족들은 진작 도망쳤지요.

지킨다는 말이 오해를 살 수 있음을 알고 테리아가 서둘러 덧붙였다.

－장군님과 부하들이 여기를 사용하시겠다면 제가 집을 관리하고 시중을 들겠습니다. 이 집에 대해서 저만큼 많이 아는 사람이 없으니까요.

그라스는 처음 본 순간부터 그녀가 마음에 들었다. 다른 마음이 든 것은 아니고 그녀와 같은 딸이 있다면 삶이 훨씬 즐겁겠다는 생각이 반영된 것이었다. 에젠 대공비, 그의 아내는 자식을 낳지 못했다.

- 알겠네.

그라스는 세심한 사람이었다. 풍채는 멀쩡하지만 지나치게 소심한 구석이 있어 군인으로는 적합하지 못하다는 말을 들을 정도였다. 그는 부하들에게 명령을 단단히 내려 테리아를 괴롭히거나 무례하게 구는 사람이 없도록 조처해 두었다.

본래는 며칠만 머물 예정이었으나 비가 양군을 갈라놓고 결전을 벌이는 것을 억지로 미루는 바람에 그라스는 벌써 한 달 넘게 눌러앉은 상황이었다. 테리아가 모든 것을 세심하게 보살핀 덕분에 머무는 동안 불편한 점은 없었다.

그녀는 필요에 따라 장군과 부하들의 방을 배치하고 저장해 놓은 식료품을 적절하게 사용했다. 전염병이 퍼진 다음에는 집의 격리된 공간을 활용해 환자들을 임시로 수용할 수 있게 했다.

그라스는 아침에 침대에서 몸을 일으키면 식탁에 음식이 차려져 있는 전쟁을 예상하지 못했다. 그러나 막상 상황이 그렇게 되자 즐기는 마음이 드는 것을 감출 수는 없었다. 비는 아직도 그치지 않았고 그 와중에 전쟁을 벌여 군이 비참한 꼴이 되는 것은 제국을 따르는 제1군이나 오셀롯을 따르는 제2군이나 바라지 않는 것이었다. 무엇보다 그들은 제국 정예군이라는 이름으로 오랜 기간 묶여 있던 사이라서 서로 싸우는 것 자체를 탐탁하게 생각하지 않았다.

그라스도 사실은 같은 마음이었다. 제1군을 이기는 것은 어렵지 않은 일이었지만 가능하면 피하고 싶었다. 한때 같은 편이었던 병사의 몸에 칼을 꽂기 원하는 사람은 아무도 없었다. 비는 전쟁터에 나선 모두의 마음을 대변해서 내린다고 볼 수도 있었다.

아침에 넓은 식탁을 홀로 차지하는 것은 오셀롯의 대장군인 그라스 시비스의 특권이었다. 얼마 전까지는 그랬었다. 이제는 한 자리가 더 마련되어 있었다.

아직 앉지 않은 자리의 주인은 군인이 아니라서 늦잠을 자는 것을 부끄럽게 생각하지 않았다. 그라스는 그를 만나기 싫어 서둘러 식사를 시작했으나 이날따라 그가 평소보다 일찍 일어나 계단을 미끄러지듯 내려와서 테리아에게 말을 건네는 것을 들어야 했다.

- 테리아 님, 오늘도 아름다우십니다.

처음에는 그의 신분을 생각해서 조심스럽던 테리아도 이제는 판단이 끝났는지 적당히 넘길 수 있게 되었다.

- 그런가 보네요.

- 시비스 님.

디노펠리스의 인사는 정중했으나 그라스는 식사에 열중하

느라 어쩔 수 없다는 듯이 고개만 끄덕였다. 디노펠리스는 그라스 시비스의 건너편 대각선 자리에 앉았다.

본래 머리가 크고 어깨가 좁은 것을 화려한 장식을 단 옷으로 숨겼으나 전쟁터에서 그런 옷을 입기는 어려웠다. 그래서 부스스한 머리카락을 뒤집어쓴 그의 머리통은 평소보다 훨씬 커다랗게 강조되어 보여서 멀리서 보면 귀 바로 아래에 어깨 끝이 연결되어 있다고 말해도 좋을 지경이었다.

－오늘도 비가 내리네요.

이미 자기도 했던 말이건만 그의 입에서 들으니 밥맛이 떨어져 그라스는 그릇을 뒤로 물렸다.

테리아는 그라스가 식사를 하는 동안에는 부엌을 떠나지 않았다. 며칠 전에 찾아온 디노펠리스는 그 기회를 놓치지 않고 한 입 떠넣을 때마다 테리아에게 말을 건넸다.

－비가 오지 않는다면 테리아 님의 안내를 받아 주변을 산책해 보고 싶었는데요.

－그건 안 될 말씀입니다. 적의 척후가 사방을 배회하고 있으니까요. 혹시 황태자님의 신변에 문제가 생긴다면 오셀롯 황제께도 큰 폐가 될 수 있습니다.

그러나 그라스의 솔직한 심정을 말하자면 황태자 따위가 누구에게 납치당하건 알 바 아니었다. 어차피 팔라스 황제도 도망친 자기 조카를 다시 잡았다고 해서 죽이지는 않을 것이다. 그렇게 했다가는 괜히 민심이 동요할 명분을 주는 것이었다. 그라스가 걱정하는 것은 오히려 테리아의 안전이었다.

－그렇군요. 그러면 병사 몇 명이 우리를 호위하면 되지 않겠습니까?

그 병사들은 내가 아끼는 병사들이고 전쟁을 치르기 위해 왔는데 황태자가 여자를 꼬시려고 수작을 부리는 상황을 돕기 위해 쓴단 말인가?

평소에는 죽이 입맛에 맞았으나 오늘은 혀끝에 닿는 감각이 썼다. 그라스는 새삼 생각했다. 사람의 미각이라는 것도 다른 감각과 마찬가지로 믿을 것이 못 되는구나. 그나마 전쟁터에서 목숨이 끊기면 그 가짜 감각조차 느낄 수 없게 되어 버리니 얼마나 불쌍한 일인가.

그라스 시비스가 식사를 마치고 일어섰다. 테리아가 걱정스럽게 물었다.

－오늘은 식사를 많이 하지 않으시네요. 몸이 좋지 않으신가요, 장군님?

－매일 비가 와서 식욕이 돋지 않아 그러니 걱정하지 말게.

디노펠리스는 그가 떠나자마자 방해꾼을 치워 버린 것처럼 더 신이 나서 떠들어 댔다. 그라스는 부하들을 불러 밤새 보고

할 상황이 있었는지 묻고 앞으로의 전략에 대해 논의했다. 그 동안에도 디노펠리스는 식탁을 떠날 줄을 몰랐다.

회의를 마친 그라스는 자기 방으로 돌아가 창문을 활짝 열고 비 오는 풍경을 응시했다. 하필 아래층에서 디노펠리스가 수작을 부리는 소리가 생생하게 들렸다. 며칠 전 디노펠리스가 전장을 찾아온 것은 모든 상황을 가정한 그라스 시비스에게도 의외의 일이었다. 장군은 그를 보자마자 대뜸 물었다.

– 어째서 아버지에게 직접 가지 않으셨습니까?

그것이 당연해서 생각할 필요도 없다는 말투였다.

– 저는 아버지의 편지를 받고도 바로 행동하지 않았습니다. 저에게 크게 실망하셨을 겁니다. 그래서 곧바로 에젠에 가서 아버지를 뵌다면 양군의 상황을 보고 승산이 있는 쪽에 붙었다고 생각하실 겁니다.

이미 그라스는 그렇게 생각하고 있었다.

– 그러니 전쟁에 참여해서 작은 공이라도 세운 다음에 아버지를 뵈어야 얼굴을 당당히 들 수 있지 않겠습니까?

– 전쟁터에서 무엇을 하시겠습니까? 칼을 들고 싸우시겠습니까?

– 어려서부터 검술을 배웠으나 재능이 있다는 말은 듣지 못했습니다. 한번 시험해 봐도 될까요?

그라스 시비스가 눈짓으로 부하 하나를 내세웠다. 전력을 다해서는 안 되겠지만 너무 봐줄 필요도 없네. 부하는 무언의 명령을 알아들었다.

─정말로 나를 찌르는 건 아니겠지?

디노펠리스는 농담처럼 한 말이었지만 상대는 대답해 주지 않았다. 그 눈빛만 보면 당장 가슴을 찌를 것 같은 기세라 디노펠리스는 조금 주눅이 들었다. 전쟁터에서는, 팔뚝이 굵고 칼을 잘 다루는 사람이 득세하는 곳에서는, 황제의 아들이라는 그의 신분이 위력을 떨치기 어려웠다. 겉으로야 존중하고 복종하겠지만 마음이 충성하는가는 또 다른 문제였다.

장군을 비롯한 구경꾼들은 이 싸움을 정말로 흥미진진하게 보았다. 황태자는 어려서부터 최고의 스승에게 훈련받았다. 그러나 척 보기에도 전사로서는 재능이 영 없었다. 과연 가르침이 재능의 한계를 얼마나 뛰어넘을 수 있을 것인가에 대한 정답을 확인할 더할 나위 없이 좋은 기회였다.

장군의 부하는 처음부터 너무 강한 공격은 실례가 된다는 듯이 가볍게 몸통을 찌르며 들어갔다. 기본적인 공격이었지만 초보자라면 당황하는 기술이었다. 엉성한 자세로 서 있던 디노펠리스는 팔을 비틀며 칼날을 쳐 내고 뒤로 두어 걸음 물러섰다. 부하들 사이에서 조소가 나오는 것을 장군이 손을 들어 막았다.

─이런 느낌이군요. 조금 알겠습니다.

디노펠리스는 다시 전의를 가다듬었다. 반면 상대는 칼을 들지 않은 손이 긴장 없이 축 늘어진 것만으로 대충 맞선다는 것을 알 수 있었다. 디노펠리스는 숨을 한 번 크게 들이쉰 다음 배운 대로 속으로 숫자를 세기 시작했다. 하나, 둘, 셋, 하나, 둘, 셋.

세 박자를 기본으로 삼아 칼을 움직이는 것은 제국 검술의 특징이었다. 모든 사람이 그렇게 가르치고 배웠다. 그들은 항상 똑같은 말을 반복해 떠들었는데 누가 가장 먼저 시작했는지 역사에 기록되지 않아 출처가 없게 되었다.

─세상 모든 생명의 움직임은 세 박자로 이루어져 있다. 그 리듬을 깨닫는 순간 방어와 공격이 물 흐르듯 연결된다. 막고, 막고, 찌르고. 찌르고, 막고, 찌르고.

디노펠리스가 박자에 맞춰서 움직이기 시작하자 상대가 당황했다. 그는 신분이 낮은 일반 군인 출신이었고 귀족들이나 배우는 검술 수업이 아니라 군대의 훈련과 실전으로 단련된 몸이었다. 그가 단련한 방식은 우아한 춤 같은 요소가 없었고 그저 강하고 빠르게 상대에게 상처를 내 쓰러뜨리면 그만이었다.

디노펠리스가 속으로 숫자를 되뇌면서 전진하자 우세는 순식간에 정해졌다. 그러나 군인은 군인인지라 그라스의 부하가 가만히 당하려고 하지는 않았다. 상대는 도련님 검술이니 무지막지하게 파고들어 가슴에 칼을 꽂으면 될 일이 아닌가. 그의 눈에 살기가 도는 것을 보고 그라스가 소리쳤다.

- 그만.

부하의 눈에서 여전히 살기가 풀리지 않아 한 번 더 외쳐야 했다.

- 그만.

그제야 정신을 차린 부하가 물러섰다. 황태자가 없었다면 호통을 칠 일이었다. 눈이 뒤집혀 대련 중에 황태자를 죽이려고 하다니 그 어리석음에 화가 끓었다. 장군은 생각을 돌리려고 디노펠리스를 칭찬했다.

- 훌륭하십니다. 그러나 누가 황태자를 전선에 세우겠습니까?

이 만남의 끝에는 찝찝한 구석이 있었다. 결국 장군도 황태자도 구체적으로 어떤 일을 할 것인지에 대해 합의하지 않고 은근슬쩍 넘어가 버렸다. 디노펠리스는 테리아의 집 2층에서 두 번째로 좋은 방을 차지하고 눌러앉았다. 가장 좋은 방은 당연히 그라스의 것이었는데 그는 양보할 생각이 없었고 황태자도 자기가 객식구라는 것은 이해하는지라 과한 대접을 바라지 않았다.

황태자가 오기 전에도 비가 왔고 황태자가 오고 나서도 비가 그친 일이 없었기에 누구도 피를 흘리지 않아도 되었다. 그라스는 아버지를 곧바로 대면하기 무서워 왔다는 황태자의 말을 곧이곧대로 믿었다. 그는 없어도 그만인 존재이니 그냥 가만히 두면 될 일이었다.

- 테리아 님, 어째서 젊음을 이렇게 낭비하려고 하십니까? 이따가 저를 안내해 주십시오. 군인들도 한 끼 정도는 스스로 챙겨 먹을 수 있을 겁니다.

- 하지만 장군님의 식사는 차려 드려야 하는데요?

- 그도 이해할 겁니다. 본래 기대하지 않았던 일이니까요.

장군은 그 말에 반박하고 싶지 않았다. 기대하지 않았던 일이었다. 그러나 테리아가 분별력을 발휘해서 황태자를 멀리했으면 하는 바람도 있었다. 자신을 낮추면서 접근하는 그의 진지하지 못한 태도를 곧이곧대로 해석하면 곤란했다.

- 점심을 먹고는 꼭 밖에 나갑시다.

테리아는 마지못해 받아들이는 것 같았다. 신경에 거슬리기는 해도 그 이상 장군이 신경 쓸 일은 아니었다.

디노펠리스는 오후에 빗줄기가 옅어지자마자 테리아를 끌

고 바깥으로 나갔다. 병사 두 명이 호위를 위해 따라왔는데 미리 일러둔 말이 있었다.

- 너무 가까이 다가와서 좋은 분위기를 방해하지 말게. 알겠지? 적어도 삼십 걸음은 떨어져서 오란 말이야. 그래야 우리가 단둘이 이야기도 나누고 할 수 있지 않겠어?

병사들은 음흉하고 바보 같은 표정을 지으며 헤헤 웃었다. 황태자의 수작에 동조하는 것이 진심으로 기뻐 보였다.

디노펠리스는 테리아를 데리고 적진이 내려다보이는 작은 언덕으로 올라갔다. 겨울이라 잎을 모두 잃은 고목 하나가 쓸쓸히 서 있었다. 디노펠리스는 측은하다는 눈빛으로 다가가서 나무껍질을 쓰다듬었다.

- 봄이 되면 이 나무도 꽃을 피울까요?

- 매년 그랬으니까요.

- 그때는 전쟁이 끝났으면 좋겠군요.

- 정말 그래요.

전쟁 이야기가 나오자 테리아는 두려운 눈으로 제국군의 진영을 내려다보았다. 디노펠리스는 그 틈을 노려 자연스럽게 종이 뭉치를 나무 구멍 속으로 던져 넣었다.

- 테리아 님. 그때는 진정 평화로운 목적으로 와서 이 나무 아래에 만찬장을 펼치고 즐거운 시간을 보냅시다.

테리아는 진정 아름다웠다. 디노펠리스의 태도가 전부 거짓인 것은 아니었다. 그러나 황태자의 머릿속에서는 감옥에서 창살을 사이에 두고 만났던 크리스틴 피장의 모습도 지워지지 않았다.

　ー피장의 딸은 이대로라면 죽을 겁니다. 그러나 제가 힘을 써 보지요. 황태자께서는 아버지께로 가십시오. 전쟁에서 승리하는 데 결정적인 공헌을 하신다면 반역자의 아들이라고 조카를 내치지는 못하실 겁니다.

　작의 말은 뱀처럼 날카로워 회상하는 것만으로도 몸을 떨게 했다. 황태자는 자신이 신분에 걸맞은 일을 하고 있는지, 올바른 편을 택하고 있는지 전혀 확신하지 못했다. 그는 전쟁이 끝나면 이곳에서 테리아와 함께하는 삶도 전혀 나쁘지 않겠다고 생각했다. 그러나 어린 시절부터 무엇 하나 그의 원대로 되는 것이 없었으니 이번에도 마찬가지일 거라고 쉽게 포기해 버렸다.

　테리아는 이유를 모르지만 처음으로 디노펠리스에게 작은 호감을 느꼈다. 그의 고뇌는 그만큼 매력적이었다. 그가 회피하지 않고 끝없이 현실을 마주한다면 테리아의 마음을 얻을지도 모르는 일이었다. 그러나 디노펠리스는 그렇게 해도 올바른 길을 선택할 확률이 조금도 높아지지 않는다는 것을 알

정도의 지혜는 갖추고 있었다.

　그는 마지막으로 위대한 조언자가 전한 말을 떠올렸다. 가만히 있으라고? 이런 상황에서 어찌 가만히 있는단 말인가?

　황태자가 남긴 쪽지는 그날 밤 제국군 진영에서 나온 첩자들이 챙겨 바실 장군에게 전했다. 그는 제국 정예군 전체를 이끌고 그라스 시비스와 대치하는 중이었다. 장군이 쪽지를 펼쳐 보았으나 별로 대단한 내용은 없었다. 아까운 종이는 금방 숙소에서 활활 타오르는 불꽃의 먹이가 되었다.

제국의 칼은 끝이 뽀족하다.

한쪽 면에는 날이 서 있지만

칼 몸이 길고 가늘어 베는 일에는 별로 적합하지 않다.

반대로 루 도인 땅에 사는 사람들은

곡선으로 휘어지고 안쪽과 바깥쪽에

모두 날이 벼려진 칼을 사용한다.

찌르기가 불편한 구조이다.

그러나 상대가 찌르는 틈을 파고들어

가까운 거리에서 자유자재로 베는 것이 가능하다.

보통 사람에게는 기예와 같은 일이고

오랜 훈련이 필요하나 민첩한 루 도인에게는

그리 어렵지 않은 일이다.

제국 정예군이 미처 대비하지 못한

공격 방식이기도 했다.

V

나, 이름을 밝힐 수 없었던 관찰자가
루 도인의 비극에 관한 이야기를 들려준다

나에게는 몸이 없다. 그렇다면 보고 듣지 못하고 생각도 하지 못하고 기억도 하지 못해야 마땅한데 어찌 된 일인지 그 모든 일을 할 수 있다.

그러나 기억이라는 것은 세월이 갈수록 점점 희미해진다. 어쩌면 너무 오랫동안 너무 많은 것을 보고 들은 탓일지도 모르겠다. 잠시만 다른 일에 몰두해도 조금 전에 있었던 일을 금방 잊고 만다.

한때 나는 신이 내린 능력에 취해 있었다. 대장장이 왕이란 무엇이든 만들 수 있으니 평범한 물건을 만드는 일에 질려 버렸다. 수천 명이 동원되어 수십 년이 걸려야 완성하는 커다란 신전 건물 같은 것도 내게 감흥을 줄 수 없었다. 그런 것쯤은 언제나 만들 수 있고 또 세상의 위정자들도 마음만 먹는다면 완성하는 물건이 아닌가.

그래서 나는 누구도 만들지 못하는 것, 생명체를 만들어 보기로 했다. 그것도 네 발로 걷는 동물이 아니라 인간과 거의 꼭 빼닮은 것을 만들 생각이었다. 그리 어려운 일은 아니었다. 인간을 보고 참조해서 만드는 일이니 완전한 무에서 시작하는 것도 아니지 않은가?

그러나 나는 실패를 거듭했고 종국에는 마법사 왕국을 다스리는 왕을 찾아가 도움을 청했다. 세타세는 내 요청을 받아들였고 우리는 함께 연구를 시작했다. 그리고 놀라운 결론 앞에 서로 눈을 끔벅이며 세상의 장대함을 마주한 인간의 초라한 처지를 실감했다. 아마 여기까지 이야기했던 것 같다.

─우리의 힘은.

─우리가 생각했던 것처럼 서로 다르지 않은 것 같소.

─어떻게 그럴 수가 있지?

분명 두 사람이 동시에 같은 말을 했다. 그 놀라운 깨달음 이후 우리의 작업이 빠르게 진전되었다. 나 혼자서라면 죽을 때까지 도달할 수 없는 경지였다.

그러나 나는 알아야 했다. 저 세타세는 나와 다른 사람이었고 사람은 저마다 자기의 목적을 품고 산다는 사실을 고려해야 했다. 그렇게 하지 않은 탓에 연구가 막바지에 이르렀을 때 저 협잡꾼에게 틈을 주게 된 것이다.

그는 어느 날 생명을 불어넣기 직전 단계를 앞에 두고 나에게 이렇게 말을 꺼냈다.

　─대장장이 왕, 그대도 알지 않소?

　─무엇을 말이오?

　─우리는 지금까지 신의 힘과 마법의 힘을 완전히 다른 것으로 여겨 왔소. 둘이 충돌하면 폭발을 일으키는 것도 서로 다른 성질의 힘이 충돌할 때 일어나는 현상으로 생각했지. 그러나 우리가 각자 지닌 힘이 사실은 같은 힘의 다른 발현 양상이라는 것을 알게 되었소.

　─그렇소. 뻔히 아는 얘기를 왜 하시오?

　─그리고 힘의 두 가지 양상이 합쳐져야 생명을 구성한다는 결론이 나왔지. 결국 모든 생명체라는 것은 폭발하지 않는 폭탄이 되는 셈 아니겠소?

　─그렇겠지.

　나는 말끝을 얼버무렸던 것으로 기억한다. 그 자신 없는 태도가 사악한 마법사들의 왕이 기다리던 반응이었던 것은 분명하다. 지금은 낮의 해처럼 자명한 사실이 어째서 그때는 그토록 낯설었던가.

　─그대는 나와 같은 성질의 힘이 없소. 나에게 그대의 힘이 없는 것처럼. 그러니 우리 둘 중 하나라도 힘을 보태지 않으면 이 연구는 여기서 끝나는 거요.

세타세는 본격적으로 협박하는 일을 앞두고 망설이지 않았다. 나는 그가 왕이랍시고 입은 품이 넓고 무늬가 촘촘한 옷을 보고 그 속에 우주와 맞먹는 악의가 숨어 있음을 느꼈다. 아니다, 훗날에 가서야 알 수 있었다.

– 그러나 이 일은 그대의 소망이지 내 소망은 아니오. 나는 생명체 따위 만들지 않아도 별로 상관은 없소.

– 지금까지 같이 연구했잖소?

– 그것은 어디까지나 그대를 돕기 위해서였지. 이제 이 생명체를 만들어 내게 되면 나는 공연히 힘만 낭비한 것일 뿐 아무것도 얻는 게 없지 않겠소.

– 원하는 대가가 있다면 마땅히 지불하겠소.

– 무엇이라도?

그의 말투는 이야기 속 사악한 자들과 닮아 있었다. 혹은 주인공을 유혹하는 악마라고 말할 수도 있었다.

– 무엇이라도.

나는 주저하다가 대답했다. 그때 나의 열망은 어린아이가 장난감을 간절히 원하는 것과 다르지 않았는데, 그런 상황에서는 몸이 달아 무엇이든 심지어 자기 영혼이라도 거침없이 내어 주게 되는 법이었다. 얼마나 많은 주인공이 그렇게 파멸했는지 이야기를 좋아하는 사람이라면 모두 알고 있다.

－그렇다면 나는.

세타세가 뜸을 들이며 턱을 쓰다듬은 것은 마침내 나를 바늘에 꿸 수 있다는 사실이 기뻐서거나 마지막으로 거세게 반항하는 양심을 다스리기 위해서였을 것이다. 물론 나는 그를 좋은 쪽으로 해석해 주고 싶지 않다.

－그렇다면 나는 우리가 만들어 내는 생명체를 10년 동안 내 마음대로 다루고 다스리기를 원하오. 정확히 10년. 이후에는 그들을 카니세리움처럼 자유롭게 풀어 줄 생각이오.

－10년?

－그렇소, 딱 10년이오.

－무엇을 할 생각이기에?

－두 힘을 직접 합쳐 만드는 생명체는 그들이 유일하니까 그 성질을 알고 싶은 것이오. 이미 조화롭게 태어난 것들과는 다를 테니까.

－그들은 사람처럼 생겨서 사람처럼 생각하고 말하고 행동하게 될 텐데?

－그러니까 연구할 가치가 있소.

－동물을 대하듯 함부로 대하면 안 됩니다.

－나는 악마가 아니오.

그때 내가 앞으로 만들어 낼 생명체의 존엄과 권리를 진지하게 생각했다고는 말할 수 없다. 나는 그저 만들고 싶었다. 세타세가 거절하면 만들 수 없었다. 처음부터 세타세는 내 무력함을 눈치챘을 것이다.

나는 세타세와 함께 루 도인을 만들어 냈다. 한 명만 만든 것이 아니고 20명이 넘는 루 도인을 창조했다. 이름을 붙이는 것은 내 몫이었다. 세타세도 거기까지 욕심을 부리지는 않았다.

- 루 도인이라고 부를 생각이오.

- 무슨 뜻입니까?

- 옛말로 천사의 자식이라는 뜻이오.

- 아, 그 루 도인 말이군. 폐허의 자식을 뜻하는 옛말로 잘못 들었소.

갓 태어난 루 도인들은 당연하지만 인간의 아기와 같았다. 나는 10년 동안 세타세의 땅에서 머물면서 그들을 키웠다. 새로 태어난 강인한 인간들은 겨우 10년 만에 성인의 몸을 갖추었다. 첫 세대에만 해당하는 일이었고 그들이 자식을 낳는다면 인간과 똑같은 기간 동안 성장이 필요했다.

- 이제 내게 약속한 10년을 주시오.

어느 날 세타세가 그렇게 요구해 왔고 나는 거절할 명분이 없었다. 내 자식과 같은 아이들과 눈물을 흘리며 이별하고 10

년 후를 기약하면서 떠났다. 오랜만에 대장장이 왕의 신전으로 돌아와서도 마음이 안정되지 않았다.

신전에는 이미 2대 대장장이 왕이 있었다. 그는 사제 중 하나로 내가 오래 자리를 비우는 바람에 임명된 사람이었다. 사제들은 10년이 넘게 연락을 끊은 내가 죽었다고 생각했었고 그런 그들을 탓할 수는 없었다. 새로운 대장장이 왕이 내가 돌아온 것을 반기지 않는 눈치여서 나는 며칠 머문 뒤에 다시 떠날 생각이었다.

그런데 처음 신전의 침대에 몸을 누이던 밤, 산을 뒤흔드는 큰 지진이 있었다. 침대에서 굴러떨어진 나는 사방에서 들리는 굉음과 그 속에서 희미하게 전해지는 비명을 들었다.

－신전이 무너진다.

－세상의 종말이다.

정신을 차려 밖으로 나가 보니 내가 직접 세운 거대한 기둥, 신전을 구성하고 떠받치던 것들이 속절없이 무너져 내리고 있었다. 나는 이것이 신의 징벌임을 직감했다. 그제야 비늘로 덮였던 눈이 열리고 내 잘못을 온전히 깨달을 수 있었다. 루도인을 만든 것도 잘못이었지만 그들을 세타세의 손에 맡긴 것이 나에게는 더 큰 죄로 느껴졌다.

－내 자식들을.

창조의 기둥이라고 이름 붙인 기둥이 내 머리로 무너져 내렸고 나는 그대로 정신을 잃었다.

죽음의 끝에 무엇이 있을까? 마침내 그 답을 얻을 수 있을 거라고 생각했다. 그러나 나는 세상을 내려다보고 있었다. 마법사 왕국의 꼭대기에서. 나는 유령과 같은 상태로 내 자식들과 마찬가지인 새로운 인간들을 보고 있었다.

세타세와 헤어진 것은 불과 며칠 전이었으나 그 사이에 그는 10년이나 더 늙어 보였다. 내 착각이 아니라는 것을 루 도인 아이들의 모습을 보고서야 알 수 있었다. 나와 헤어질 때는 막 성인이 된 모습이었으나 이제는 성숙한 기운이 뿜어져 나왔다.

어떤 조화가 일어났는지 모르겠지만 창조의 기둥에 깔리고 10년이 지나서 정신을 차린 나는 죽지 못한 채 유령처럼 세상을 떠돌게 되었다. 게다가 인간을 꿰뚫어 볼 수 있게 되었다. 나는 세타세에게서는 깊이를 알 수 없는 악의를 발견했고 루 도인에게서는 반항과 증오의 기운을 느꼈다.

무엇보다 나를 경악하게 했던 것은 루 도인 아이들의 피부를 덮고 있는 보석의 기운이었다. 루비의 붉은색, 에메랄드의 초록색, 사파이어의 푸른색, 오닉스의 검은색, 다이아몬드의 무색, 오팔의 다채로운 색으로 그들의 피부가 물들어 있었다.

은은한 보석 빛깔 아래로는 반쯤 투명한 피부가 혈관을 드러내 보였다.

루 도인은 인간들처럼 피부색이 다양하게 창조되었고 인간의 무리와 구별할 수 있는 특징은 없었다. 세타세는 그들을 대상으로 온갖 실험을 가장한 고문을 자행하고 마침내 그들의 외모를 인간과 다르게 바꾸어 버렸다. 지난 10년간 있었던 일들이 세타세와 루 도인의 머릿속에서 내게 흘러들어 왔다.

나는 고통을 참지 못하고 비명을 질렀다. 아무도 듣지 못했다.

나는 세타세의 생각을 읽었다. 만들어진 자들이 인간과 똑같은 취급을 받아서는 안 된다. 그들에게는 구별되는 낙인이 있어야 한다.

성인이 된 루 도인 중 몇몇은 자식을 낳았는데 어머니의 품에 안겨 있는 루 도인 아기들은 부모 중 하나의 색깔을 물려받은 상태였다. 세타세는 이들이 대를 이어 보통 사람과 구별되도록 만들었다. 영원히 사라지지 않을 징표였다.

나는 참지 못하고 세타세에게 날아들어 주먹을 날렸다. 세타세는 이상한 감각을 느꼈는지 턱을 어루만졌다. 그뿐이었다. 내 공격은 바람만큼의 위력도 없었다.

절망에 빠져 하늘을 향해 울부짖는 순간 나에게는 기묘한 확신이 하나 생겼다. 이 모든 것은 신이 내게 내리는 형벌이고 나는 내가 만든 루 도인이 마침내 자유롭게 되는 순간에 이르러서야 안식을 누릴 수 있었다. 신이 직접 음성으로 전달해 주지 않았어도 들은 것이나 마찬가지였다.

그 순간 과거와 미래를 되짚어 볼 수 있는 눈이 열리고 나는 비로소 며칠을 굶은 짐승처럼 게걸스럽게 일어날 수 있는 일의 가능성에 주둥이를 들이밀었다. 약속된 미래는 300년이 지나야, 대략 서른 명 정도 되는 대장장이 왕들이 지위를 이어받은 다음에야 찾아오게 되어 있었다. 그 가능성은 투명한 실처럼 희미해서 내게는 일어날 법하지 않았다. 그 사람이 나를 구원하지 못하면 나는 영원히 안식을 누릴 수 없었다.

나는 며칠 동안 쉬지 않고 울부짖었으나 내 얼굴을 만질 수 없었기에 눈물이 흐르는지 확인할 수 없었다. 나는 하늘에 대고 빌고 또 빌었으나 어떤 응답도 찾아오지 않았다. 그 시절의 고통은 이제 내게 미미하게 느껴진다. 세월은 고통에 풍화 작용을 일으키는데 긴 세월은 바위산만 한 고통을 모두 깎아 가루로 만들었다.

그 후로 며칠 동안 세타세와 루 도인을 관찰하면서 모든 생각이 정리되었다. 세타세는 이유 없이 루 도인을 괴롭힌 것이 아니었다. 그는 자기가 평소에 품고 있던 이론을 증명하기 위해 그릇된 선택을 했다.

그 이론이란 나와 연구하면서 생겨나고 자라난 것이었다. 그는 모든 생명체가 한 힘의 두 가지 양상, 내가 받은 신의 힘과 그가 사용하는 마법의 힘으로 구성된 것을 알았다. 둘은 서로 밀어내는 힘이었으나 특정한 조건을 만족하면 합쳐질 수 있다. 세상의 살아 있는 것들과 루 도인의 창조가 그 사실을 증명했다.

자연 세계에서는 마법의 바람이 분다. 보통 사람은 느낄 수 없는 그 바람이 마법사들에게 힘을 부여해서 마법을 자유자재로 사용하게 한다. 그러나 그 바람은 점점 약해지다가 마침내 사라지고 만다. 주기적으로 그런 일이 반복되고 모든 마법사가 힘을 잃는 것은 숙명이다.

누구도 숙명을 거역할 수는 없는 노릇이다. 세타세도 그렇게 포기하고 있었으나 내가 찾아간 것이 그에게 영감을 주었다. 마법의 바람은 어떤 자연의 조화에서 비롯되었는지 몰라도 두 가지 힘 중 하나가 세상에 널리 퍼진 상태이다. 자연은 이런 불균형을 내버려 두지 않는다.

그래서 마법의 바람은 신적인 힘과 결합하며 점점 약해지다가 마침내 소멸하고 다시 격변이 일어나 채워지기를 기다리는 것이다. 세타세는 자기 후손들이 그 문제를 해결할 방법을 알아냈다. 두 힘을 인공적으로 합친 루 도인에 대한 실험 끝에 얻은 결실이었다.

요컨대 불순물이 가라앉아 다시 맑아진 물을 다시 흙탕물로 만들려면 휘저어 주면 되는 것이다. 그러면 각자 제자리로 돌아가 균형을 유지하려던 물질들이 다시 혼돈 속으로 빠져든다.

결과를 얻으려면 같은 힘의 두 가지 양상, 신의 힘과 마법의 힘이 충돌해야 한다. 그 힘만이 안정을 향해 가는 세상의 흐름을 뒤섞을 수 있다. 세타세는 나와 루 도인을 만든 덕분에 그 이론을 도출할 수 있었다.

그리고 300년이 지나 세타세의 후손인 쌍둥이가 조상이 계획한 거대한 폭발을 준비하고 있다. 그래서 마법사 왕은 어린 에이어리의 몸속에 폭탄 중 하나를 심어 놓았다. 그렇게 폭탄이 신의 힘을 흡수해야 나중에 충돌할 수 있는 여건이 마련되는 것이다.

그 끔찍한 미래에 관한 이야기는 여기에서 중단하려고 한다. 아직 세타세와 루 도인에게 있었던 일들을 전부 설명하지 않았다.

10년이 지난 다음에도 세타세는 처음 나와 한 약속을 지킬 생각이 없었다. 내가 죽었다고 알려졌기 때문에, 혹은 실제로 죽었기 때문에 지킬 필요가 없다고 생각했다. 그는 루 도인을 영원히 자기와 후손들의 노예로 삼으려고 했다. 내가 지어 준 이름을 버리고 자기가 새로 이름을 붙여 주었다.

　－한, 다음 달에 네 아들이 태어난다면 그 이름은 유가 될 것이다.

　－알겠습니다.

　한은, 내가 한때 아꼈던 아이는 세타세의 명령에 대답하면서 아내의 불룩한 배를 바라보았다. 세타세는 그들의 이름을 단음절로만 지었는데 제국을 비롯해 어느 곳에서도 그런 식으로 이름을 짓지 않았다. 그는 외모와 이름으로 루 도인을 철저히 분리할 생각이었다. 지금까지도 루 도인에게 단음절 이름이 이어지는 것은 그런 까닭이다.

　나는 그들을 구원하고 싶었다. 그들에게 자유를 되찾아 주고 싶었다. 그러나 유령 같은 몸뚱이로 무엇을 할 수 있겠는가?

　오랜 고민 끝에 한 가지 방법을 찾았으니 루 도인의 의식이 가장 민감하게 반응하는 틈을 노려 대화를 나누는 것이었다. 나는 그들의 꿈속으로 들어갈 수 있었고 거기서라면 영향력을 행사하는 것도 가능했다. 깨어 있을 때 물리적으로 영향을 끼치는 것도 결국에는 가능해졌으나 무려 200년이 넘게 지난 다음의 일이었다. 그때까지 기다렸다면 루 도인은 세타세의 영원한 노예가 되었을 것이다.

그래서 나는 그들의 지도자라고 할 수 있는 한의 꿈에 등장했다.

그리고.

그리고.

멀리서 굉음과 빛 덩어리들이 나를 향해 돌진해 온다. 육체가 없는 나조차 그 압력을 느낄 수 있다. 대비할 틈도 없이 빛과 소리가 나를 감쌌다. 커다란 폭발이 일어나고 나는 잠시 정신을 잃었다.

◆

마법사들은 본래 하나의 세력이었다.

그들이 여섯 분파로 나뉘어

각자 보석을 상징으로 택한 것은

마법사 왕국이 세워진 다음부터이다.

그전까지 마법사들은 평민처럼 이름으로만 불렸고

정처 없이 사방을 떠돌아다녔다.

그들의 힘을 의심하고 시기하고 이용하려고 드는

위정자들을 피하기 위해서였다.

◆

VI

에이어리와 무가 낯선 세계에서

깨어나 다시 만난다

- 영감님, 영감님.

목소리는 매일 들은 것처럼 익숙했다. 응답이 없자 어깨를 잡고 흔드는 느낌이 났다. 너무 오랜만에 전달되는 감각이라 손가락이 피부에 닿는 느낌만으로 소름이 돋을 지경이었다. 신경이 가루가 되어 일일이 폭발했다가 다시 합쳐지는 것 같은 짜릿함이었다.

- 영감님. 죽었나? 아닌데. 심장이 뛰는데.

이번에는 목을 만지는 느낌이 왔다. 감각이란 얼마나 쉽게 적응하는지 이제는 300년 전처럼 무덤덤했다. 아쉬울 지경이었다.

- 맥박도 느껴지는데?

- 기절했으니 깨우면 됩니다.

조금 더 멀리서 무뚝뚝한 목소리가 들렸다. 먼젓번보다 굵고 거칠기는 해도 아직 앳된 기운을 완전히 떨치지 못하고 있었다.

눈을 뜨지 않아도 왠지 상황을 알 수 있었다. 생사를 확인하던 사람이 갑자기 말을 건 사람을 차갑게 쳐다보는 중이었다. 시선을 받은 사람이 우물쭈물하다가 외쳤다.

－저는, 저는 높으신 분의 종입니다.

－종?

－루 도인은 대장장이 신과 그를 대표하는 대장장이 왕을 섬깁니다. 대장장이 신이 우리의 신이고 대장장이 왕이 우리의 왕입니다.

－내 생각에는 그쪽이 칼을 들고 내 가슴을 찌르려고 했던 것 같은데?

－그건.

－그건?

－제 실수였습니다. 마음이 급해서 벌인 짓입니다. 사제께서 아시면 크게 혼날 겁니다.

－알았으니까 여기 와서 이 노인이 살아 있는지 확인 좀 해 보시오.

－저를 아랫사람으로 대해 주십시오.

－알았으니까 얼른 와서 확인해 봐.

날렵하지만 육중한 몸이 땅바닥을 밟는 진동이 누운 이에게까지 전해졌다. 다시 몸 이곳저곳을 만지는 느낌이 이어졌다.

  - 살아 있습니다.

  - 그런데 왜 눈을 못 뜨지? 기절한 건가?

그렇지는 않았다. 아까부터 눈을 뜨고 입을 벌리려고 애를 썼지만 지난 세월이, 무려 300년간 이어진 유령 생활이 몸을 움직이는 방법을 금방 떠올리지 못하게 했다.

눈꺼풀에 힘을 주고, 또 다시 힘을 팽팽하게 긴장시킨 끝에 겨우 한쪽 눈을 부릅뜰 수 있었다. 그의 곁에 있던 두 사람, 에이어리와 무는 깜짝 놀라서 뒤로 물러섰다.

  - 살아 있어.

  - 그렇습니다.

  - 다행이야. 이 낯선 곳에 떨어지자마자 시체를 만나고 싶지는 않았는데.

  - 어쩌면 우리가 이 땅에 떨어질 때 충격을 받아서 이렇게 되었을지도 모르겠습니다.

무의 의견에는 일리가 있었다.

  - 그럼 내가 가해자라는 말인가? 얼른 이 사람을 구해야겠어.

  - 괜찮아. 나는 멀쩡하네.

노인은, 그러니까 나는 말할 수 있었다. 본래 깨달음이란 것은 한꺼번에 전체적으로 오는 것이다. 눈꺼풀을 움직인 순간 몸을 움직이는 방식이 한 방에 전부 기억났다. 아니, 애초에 잊힌 적이 없었고 다시 적용하는 것에 애를 먹었을 뿐이다.

내가 오랜만에 육체의 무게를 느끼며 몸을 일으키려는데 두 청년이 와서 부축해 주었다. 에이어리와 무였다. 대장장이 왕과 루 도인의 장군이었다.

카부스빌에서 재현된 대장장이 왕의 방어전에서 무의 군대는 치명타를 입었다. 아무도 죽지 않았지만 한 발짝도 앞으로 전진할 수 없었다. 하나도 아니고 두 대장장이 왕이 설치한 방어진은 살상을 목적으로 하지 않아도 치밀하고 집요하고 정교한 물건이라 제아무리 보통 인간보다 신체 능력이 뛰어난 루 도인이라고 해도 속수무책으로 무너질 따름이었다.

그러나 에젠 황제의 대장군이라는 이름을 받은 무는 그대로 패배하면 루 도인에게 어떤 수모가 쏟아질지 생각했다. 그는 이것저것 생각하지 않고 몸이 이끄는 대로 함정을 피해 달렸고 마침내 오카브와 에이어리의 코앞까지 당도했다. 그리고 놀란 두 대장장이 왕 중 앞에 선 사람의 가슴을 향해 루 도인 특유의 휘어진 칼을 휘둘렀다.

그러나 무도 바보는 아니라서 칼을 휘두르며 자기 앞에 선 사람의 정체를 알아차렸다. 그는 대장장이 왕이었다. 루 도인이라면 절대로 해쳐서는 안 되는 사람이었다. 그러나 이미 한 번 휘두른 칼날은 되돌릴 수 없었다.

이미 흉터가 있는 에이어리의 가슴팍에 무의 칼이 닿았을 때 빛이 쏟아져 나왔다. 오카브는 강하게 밀어내는 힘을 견디지 못하고 뒤로 데굴데굴 굴렀다. 그리고 둘은 세상에서 소멸되었다.

이것은 처음으로 내가 보지 못한, 짐작도 하지 못한 미래였다. 나는 미래의 실마리를 희미하게, 혹은 생생하게 만질 수 있는 관찰자가 되었다고 생각했다. 그러나 그것 역시 나의 오만함이었다. 가장 은밀하고 중요한 미래는 내게 보인 적이 없었다.

나는 실종된 자들의 부축을 받아 존재하지 않았던 몸을 일으키는 참이었다. 얼른 손등을 내려다보았다. 혈관이 튀어나오고 쭈글쭈글해진 노인의 손이었다.

나는 그 손을 뻗어 두 젊은이의 팔을 덥석 잡았다. 두 사람은 놀라기는 했으나 급하게 팔을 빼지는 않았다. 나는 그들을 만질 수 있었다. 눈물이 나왔다.

– 이제 괜찮으세요?

에이어리는 조금 전까지 쓰러져 있던 사람의 갑작스러운

회복이 미심쩍은지 예리하게 살피며 물었다.

－괜찮아, 괜찮아. 아주 좋아.

－여기에 사시는 건가요? 그러면 여기가 어디죠? 제국인가
요?

그 말에 나는 비로소 주위를 둘러볼 생각이 들었다. 하늘은
파랗고 땅은 푸른 것을 보니 계절은 겨울이 아니었다. 사방은
넓은 들판이고 공간이 적막하지 않도록 새가 날며 보이지 않
는 선을 그었다. 저 멀리 아득히 보이는 산은 메루산을 닮아
있었다.

그리고 가까이에는 작은 집 한 채와 그 주위를 둘러싼 울타
리가 보였다. 나는 울타리 안에서 정신을 차린 참이었다. 그렇
다면 내가 이 집의 주인이자 여기 사는 사람으로 보일 것이다.

그러나 내가 아는 것은 전혀 없었다. 폭발이 일어나기 전까
지 나는 신의 형벌을 받아 유령 같은 몸으로 300년이 넘는 세
월 동안 관찰자로 지내지 않았는가? 나는 갑자기 생겨난 몸과
집을 설명할 방법을 찾지 못했다.

－기억이 나지 않아.

－아무것도요?

－그래.

－이름은요?

- 내 이름? 뭐였더라.

옆에서 듣고만 있던 무가 내 변명을 거들었다.

- 이분은 우리와 부딪힌 충격으로 기억을 잃은 겁니다.

- 여기가 어딘데?

- 저는 모릅니다.

에이어리는 처음부터 무에게서 올바른 대답이 나오기를 기대하지 않았다는 듯이 벌떡 일어섰다. 그는 눈을 가늘게 뜨고 하늘부터 땅까지 사방을 살핀 다음에 다시 무너지듯 바닥에 앉았다.

- 여기는 용이나 마법의 힘으로 만들어진 세계일지도 몰라. 아무튼 진짜 세계와는 기운이 조금 달라.

- 그러면 어떻게 나갈 수 있죠?

에이어리는 무를 뚫어지게 바라보았다. 무는 자기가 무례를 저질렀나 싶어서 민망해했다.

- 나가서 다시 오셀롯의 침략군을 이끌 생각인가?

무는 대답하지 못했다. 에이어리도 대답을 원한 것은 아니었는지 가만히 있다가 불쑥 말했다.

- 마법으로 가짜 세계를 만드는 것은 생각보다 어려운 일이 아니야. 크룽훙다르흐나 아리셀리스 님이라면 순식간에 해치울 일이지. 하지만 그렇게 만든 세계가 본래 세계와 어긋

난 시간 구조를 갖게 만드는 것은 그들에게도 쉽지 않아. 그렇게 큰 노력을 들여 이 세계를 구축했다면 그 흔적이 느껴져야 하는데 그렇지 않거든.

에이어리는 나와 무를 내버려 두고 들판으로 달려가서 바닥의 풀을 뜯고 냄새를 맡더니 다시 돌아왔다. 나는 홀로 있던 세월이 길어서 하고픈 말이 없었고 무의 시선은 강아지처럼 에이어리의 어깨만 좇았다.

- 영감님.

- 그래.

- 혹시 지금 계절이 여름인가요?

나는 기억을 잃은 사람처럼 굴기로 했지만 그 정도는 기억해도 괜찮지 않을까 생각했다.

- 맞아. 여름이지.

- 우리가 충돌한 것은 봄인데 어째서 여름이 된 거죠?

무가 에이어리에게 항변하듯 물었다. 에이어리가 답을 알 리 없는 문제였다.

- 나도 몰라. 내가 아까 말한 것처럼 가짜 세계에 특별한 노력을 기울이지 않으면 진짜 세계의 시간을 따르게 되어 있어. 이 세계는 그런 흔적이 없어. 그러니까 이 세계 밖도 여름인 거야.

－그럴 수가.

무는 망연자실했다. 여름이라면 이미 전쟁은 끝이 났을 것이다. 그는 아무런 역할도 하지 못했다. 루 도인 군대는 과연 제국을 정복했을까?

그가 없어도 예가 있었다. 예는 군대를 이끄는 능력에서는 무보다 부족했으나 더 신중하고 노련한 전사였다. 어쩌면 그가 루 도인들을 잘 이끌어서 오셀롯의 야망을 만족시켜 주었을지도 모른다. 무는 그런 생각으로 자신을 위로했다.

－전쟁은 나중에 걱정해도 돼. 어쩌면 네가 아는 사람들이 다 죽을 때까지 여길 나가지 못할 수도 있으니까.

에이어리가 차갑게 하는 말은 진실이 아니다. 나는 알고 있다. 가짜 세계를 유지하는 것은 어마어마한 힘을 필요로 하는 일이다. 그걸 사람의 일생 유지할 수 있는 것은 용에게도 불가능한 일이다.

그러나 에이어리는 무에게 절망을 주고 싶어 한다. 무가 자기의 어리석음을 자책하며 마음의 고통을 느끼기를 원한다. 나는 무의 어리석음이 나보다 크다고 생각하지 않는다. 애초에 그 원인을 제공한 것이 내가 아닌가?

그러나 나는 에이어리를 제지하고 무에게 진실을 알릴 수 없다. 나는 기억을 잃은 노인 역할에 만족해야 한다. 내가 에이어리와 무에게 내 정체를 밝히고 상황을 설명한다면 나는 루 도인을 만들고 버린 것에 이어 죄를 하나 더 추가하는 셈이다. 그 결과를 받아들일 자신이 없다.

─ 그러나 대장장이 왕이시라면 이 세계에 틈을 내실 수 있지 않습니까?

무가 절망 가운데서 용케 그 방법을 생각해 낸 것은 칭찬할 만한 일이다. 그러나 에이어리는 무보다 먼저 같은 생각을 했다.

─ 여기서 나는 아무 힘도 쓸 수 없어. 보통 사람과 같다. 어찌 된 일인지 신이 주시는 힘이 이 세상까지 닿지 않아.

나는 축 처진 분위기를 바꾸고 싶어 일부러 아무것도 모르는 것처럼 말했다.

─ 자, 자, 심각한 분위기인 것 잘 알겠지만 일단 우리는 먹고 자고 원기를 회복해야 하지 않겠나? 같이 집 안으로 들어가 보세. 내 집이라지만 나도 어떻게 생겼는지 기억이 나지 않으니.

두 청년은 선뜻 승낙하지 않고 버티다가 결국에는 내 의견을 따랐다.

겉보기에 작은 집은 안으로 들어가서 보니 생각보다 넓었다. 이 세계의 신비한 작용일 수도 있지만 실제로 그런 집은

흔한 법이다. 사람의 눈은 넓이나 깊이 같은 것을 제멋대로 착각할 뿐 정밀하게 기능했던 적이 없다.

식탁에는 의자가 세 개 있었다. 더 안쪽으로 들어서면 왼쪽에 침대가 하나, 오른쪽에는 이층 침대가 있었다.

– 마치 모든 것이 미리 준비된 것 같군요.

무의 말에 나도 동의했다. 그리고 모든 것을 알게 되었다. 어차피 자세히 살피면 답이라는 것은 하나밖에 없다. 무지한 자에게만 여러 답이 보일 뿐이니 답을 선뜻 정할 수 없으면 자기의 어리석음을 겸허히 인정해야 한다.

나는 아직 답을 모르는 두 사람 앞에서 그보다 더 무지한 사람을 연기하기로 했다. 둘이 이 공간에 버려진 것은 우연이 아닐 것이다. 내가 이 자리에 오게 된 것은 관찰자의 역할을 담당하기 위해서다. 주인공은 내가 아닌 두 사람이다.

에이어리와 무는 요리 같은 것은 해 본 적이 없는 모양이라 내가 저녁을 지어 먹였다. 에이어리는 자기에게 대장장이 신의 힘이 남아 있었다면 요리도 가능했을 거라고 장담했다. 애초에 요리란 것도 인간이 만들어 내는 물건이 아니냐는 것이었다.

– 지금까지 그 생각을 못 했다니.

에이어리는 저녁을 먹으면서 몇 번이나 한탄을 내뱉었다.

무는 에이어리에게 책망을 받을까 봐 아무 말도 하지 않고 묵묵히 배를 채웠다.

주인 행세를 하는 내가 홀로 있는 침대를 차지했다. 에이어리와 무는 이층 침대를 쓰게 되었는데 에이어리는 아래쪽을 선택했다. 위쪽을 선택하면 자고 있을 때 무가 등을 찌를지도 모른다는 것이 이유였다.

- 대장장이 왕께 그런 무례를 저지를 리는 없습니다.

무가 그렇게 말하자 에이어리가 상의를 들춰 루 도인의 칼에 베인 자국을 드러내 보였다. 심한 상처는 아니었다. 무는 다시 풀이 죽어 조그맣게 속삭였다.

- 그래도 대장장이 왕보다 높은 자리에서 자는 것은 불경스러운 일입니다. 사제님도 허락하지 않으실 겁니다.

무가 에이어리보다 위에서 잘 바에는 바닥에서 자겠다고 버티자 에이어리도 자기가 위에서 자는 것을 받아들였다. 그러나 자기 전에 아래를 내려다보면서 무를 다그쳤다.

- 무기를 품고 자는 건 아니겠지? 혹시 잠꼬대로 찌를 수도 있으니.

- 무기는 없습니다. 폭발이 일어났을 때 전부 사라졌습니다.

에이어리는 의심을 거두지 못한 채로 자리에 누웠다. 나는 두 사람을 보며 웃음이 나오려는 것을 참았다. 적으로 만나지 않았으면 좋았을 관계였다.

그러고 보니 남을 보고 웃을 여유로운 상황이 아니었다. 나는 지난 300년 동안 남이 자는 모습을 지겹게 관찰하면서도 정작 한숨도 자 본 적이 없었다. 육체가 없으니 잠도 필요하지 않았던 것이다. 이제 자야 하는 상황인데 잠이 들 수 있을까?

다행히 그럴 수 있었다. 그리 포근하지 않은 거친 침대에 누웠을 뿐인데 살아 있던 시절 왕의 침대에 누워 잠들 때보다 더 편안했다. 육체가 있다는 것이 이토록 즐거운 일이란 말인가? 나는 관찰자로서의 직분을 포기하고 나를 마구 할퀴는 잠의 마수에 굴복했다.

-무, 너는 무엇을 원하지?

새벽에 잠이 깬 것은 에이어리의 독백을 들은 덕분이었다. 너무 오랜만에 침대에 누운 탓인지 몸이 배겨 아침까지 푹 자기는 어려웠다. 에이어리가 한 말이 잠꼬대인지 진지한 질문인지는 알 수 없었다.

어느 쪽이건 에이어리는 대답을 기대하지 않은 것 같지만 아래쪽 침대에서 반응이 왔다. 무도 깊게 잠들 수는 없었던 것이다.

-루 도인의 평화를 원합니다.

- 지금도 평화롭잖아?

- 진정한 평화가 아닙니다. 우리는 제국 땅 어디서나 평화로워야 합니다. 배척받는 곳을 피해 숨어 사는 것은 평화가 아닙니다.

- 오셀롯이 반역에 성공해서 제국을 정복하면 그런 평화를 찾을 수 있나?

- 사제님은 그렇게 믿고 있습니다. 우리에게 다른 선택이 있겠습니까? 궁지에 몰린 짐승은 살기 위해 무슨 짓이라도 하는 법입니다.

- 전쟁에서 승리한다면 지금까지 너희들을 무시하고 괴롭혔던 사람들에게 복수할 생각인가?

- 그렇지 않습니다. 다만 우리는 합당한 대우를 받아야 합니다. 그것으로 끝입니다.

- 모두가 그렇게 말하지. 하지만 네 손에 무기가 있고 네가 증오하던 대상에게 휘둘러도 죄를 묻지 않는 상황이 왔을 때 용서할 마음이 솟아날까?

무는 섣불리 대답하지 않았다. 그는 설령 자기가 용서하더라도 부하들이 용서하지 않을 것을 알았다.

- 그게 문제야.

어두운 방 안에는 이제 침묵이 감돌았고 세 영혼이 갈피 없는 생각을 공기 중으로 끝없이 내뿜고 있었다. 그들은 하나같이 그들이 누운 세상의 기원을 생각하고 전쟁의 향방을 고민했으며 삶과 죽음의 다양한 양상을 탐구했다. 보이지 않는 생각은 가지를 뻗어 나가며 제법 그럴듯한 나무 형상을 갖추었다. 그중 누가 가장 먼저 정신을 잃었는지 모르겠으나 새벽에 일어나 식사를 책임지는 것은 모든 일의 원흉이 된 초대 대장장이 왕의 몫이었다.

- 우리의 제국은 영원할 것입니다.

- 글쎄, 그렇게 오래 갈 것이 있나?

잘하면 300년 정도 버티겠지.

- 그러면 너무 짧지 않습니까?

- 멍청한 후손들이 연달아 나와서

황제랍시고 사치를 부리다가 사람들을 굶겨 죽이고

부패한 관리들은 때를 기다렸다는 듯이

사람들의 재산과 땅을 빼앗을 거야.

신하 중 하나가 반역을 일으켜

황제를 꼭두각시로 삼거나 스스로 황제가 되겠지.

그런 혼란기를 겪기 전에 얌전히 망할 수 있다면

그것도 나쁘지 않아.

첫 황제의 말이 농담인지 진담인지 알 수 없어

모두 가만히 있었다.

VII

주변 나라들이 제국군을 대신해서
격전을 치를 준비를 마친다

끝없이 내리는 비는 전쟁을 막으려는 하늘의 뜻이라고 했다. 그러나 전쟁의 당사자들은 하늘의 뜻에 관심이 없었다. 에젠 황제가 된 오셀롯 펠리스는 한때 반역으로 빼앗긴 정당한 황제 자리를 되찾기 위한 싸움이라고 주장했다. 제국 황제인 팔라스 펠리스는 반란군이 일어났으니 진압하는 것이 마땅하다고 생각했다.

하늘이 준비한 비를 다 뿌리고 나자 어쩔 수 없다는 듯이 해가 다시 모습을 드러냈다. 진창으로 변했던 땅은 언제 그랬냐는 듯이 딱딱하게 굳어 진군을 대비했다. 비로소 전장은 그 이름에 걸맞게 싸울 만한 장소가 되었다.

제국군을 이끄는 바실 장군과 한때 제국군이었으나 이제는 반란군을 이끌게 된 시비스 대장군은 하늘이 마련해 준 전장 앞에서 섣불리 군대를 앞으로 이끌지 않았다. 그들은 알고 있었다. 격전이 벌어질 것이다. 패한 쪽은 수도까지 속절없이 밀려날 것이다.

그라스 시비스는 자신의 역량을 확신했다. 상대인 바실 장군을 높게 평가하더라도 셋 중 둘의 확률로 승리할 자신이 있었다. 그 정도면 꽤 높은 배당이었다.

바실이 겸손한 것은 상대의 무서움을 가장 잘 알기 때문이었다. 둘은 한때 장교 학교에서 같이 수학한 적이 있었다. 시비스의 전략은 바실이 따라갈 수 없는 것이었다. 그러나 그는 군대의 실질적인 운용에 있어서는 시비스보다 조금 낫다고 스스로를 평가했다.

바실은 부하들에게 말했다.

ー정면으로 붙어 우리가 승리할 확률은 절반이 안 된다. 저들이 강한 군대라는 것을 억지로 부정하고 두려움을 숨기는 것은 아무 도움이 되지 않는다. 강한 상대를 강하다고 인정해야 비로소 제대로 된 싸움이 가능하다.

그러고 나서 바실은 부하들의 마음에 절망의 덩어리가 피어나려는 것을 막으려고 덧붙였다.

ー그러나 우리가 치러야 할 전쟁은 방어전이다. 적이 아무리 강하다고 해도 우리는 방어할 수 있다.

바실의 말은 웅변의 성격을 띠지 않았다. 그는 처음부터 설득이라는 것은 자기의 특기였던 적이 없다는 듯이 담담하게 말했고 실제로도 그런 재주는 없었다. 그가 무엇을 할 수 있다고 말한다면 그것은 사실을 토로하는 것에 불과했다. 희망찬 예언 같은 것은 바실에게 어울리지 않았다.

병사들은 장군의 말에 무조건 복종하는 듯이 보이지만 실은 모든 사소한 일들을 경험하고 마음에 새겨 두면서 그의 역량과 됨됨이를 꾸준히 파악한다. 그리고 마침내 그를 목숨 바쳐 따를 것인지 아니면 격렬한 순간에 등을 돌리고 도망칠지를 결정해 둔다.

바실의 부하들은 그를 신뢰했다. 변화무쌍하고 신속한 맛은 없지만 바위처럼 단단하고 굵은 나무줄기처럼 밀리지 않고 물을 막아 놓은 둑처럼 조용한 힘을 품고 있는 사람이었다. 그의 지휘 아래 전의를 불태우는 병사들은 그들이 절대로 지지 않는다는 식의 미신에서는 자유로웠지만 대신 참혹한 패배를 당할 리도 없다는 것을 믿었다. 누구든지 그들을 쳐부수려고 든다면 적어도 팔 하나, 다리 하나는 내어놓아야 할 것이다.

시비스도 바실의 그런 역량을 누구보다 잘 알았기에 모든 것을 걸고 벌이는 싸움에 앞서 적당한 순간을 기다려야 했다. 실은 바실이 기다리는 것도 같은 순간이었다.

두 장군은 친구가 될 수도 있었으나 서로를 견제하는 마음에 속을 털어놓지 못하고 예의를 차리는 사이로 남았다. 둘은 지금 같은 곳을 바라보고 있었다. 그들이 대치한 전장의 북쪽에 새로 피어나는 안개가 죽음과 피와 비명을 암시했다.

그곳은 루 도인이라고 부르는 땅이었다. 곳곳에 초원이 있고 땅을 적실 물이 흐르지만 많은 공간이 흙의 고유한 색을 유지하는 곳이었다. 그 땅에 사는 사람만큼이나 하찮은 대접을 받는 곳이라 제국 사람들은 루 도인이라는 단어를 스타인보다 더 천한 의미로 썼다. 상대를 저주할 때 평생 루 도인에서 살 놈이라고 말하는 경우도 있었다.

전략적인 가치는 거의 없는 땅이었으나 지금은 이 땅에서 벌어질 전투에 남다른 의미가 있었다. 전투에서 승리한 쪽이 남하해서 자기 편에 힘을 보탤 수 있었다. 그러면 한때 제국군이었던 군대와 지금도 제국군인 군대의 균형이 순식간에 무너지는 것도 가능했다.

만약 루 도인과 놋 왕국의 창병들과 마법사 왕국이 이긴다면 바실 장군은 패배할 것이다. 반대로 아베로에스가 이끄는 사람들과 젤레즈니와 스타인의 연합군이 승리하면 방어선은 더 굳건해질 것이다. 오카브는 에젠 땅의 황제는 될지언정 풍요로운 제국 땅으로는 1키나도 진출하지 못할 것이다.

참가한 나라의 숫자를 보면 제국 편에 선 연합군이 유리해 보였다. 아베로에스를 돕기 위해 스타인과 젤레즈니가 군대를 파견했다. 왕을 잃은 애커 왕국도 복수를 위해 군대를 보냈다. 그리고 마법사 왕국의 망명자들, 라토와 아리셀리스가 이끄는 사람들도 합류했다.

그러나 루 도인은 보통 인간의 신체 능력을 뛰어넘는 군대이고, 호전적인 놋의 창병은 제국에 버금가는 위력을 지닌 군대였다. 게다가 마법사 왕국의 다수가 이쪽에 붙어 있었다.

-우리가 이기겠지. 한 줌 부스러기들을 모아 봐야 덩어리가 되지는 않는 법이니까. 실은 내 자랑스러운 창병들만으로도 승리가 확실하오. 거기에 여러분이 함께 있으니 적은 하루도 버티지 못할 거요.

호언장담하는 사람은 저 옛날 세상을 공포에 떨게 만들었던 나트릭의 흔적이 희미하게 남은 놋 페누아였다. 그는 놋 왕답게 자기가 직접 군대를 이끌고 왔다. 뾰족하게 하늘로 솟은 번개 같기도 하고 창 같기도 한 투구 장식들이 그의 자신감을 말해 주었다.

-옳은 말씀입니다.

정중하게 대답하는 사람은 마법사 왕국의 군대를 이끄는 다이아몬드 울릭이었다. 그는 어머니인 여왕의 명령을 받아 마법사들의 군대를 지휘하는데 역시 다수는 다이아몬드 가문

출신이었다.

옆에서 듣기만 하는 루 도인의 대장은 예였다. 대장군인 무가 실종된 상황에서 그가 남은 루 도인 군대를 이끄는 것은 자연스러운 일이었다. 그러나 그는 사제의 요청에도 단 한 명뿐인 루 도인 장군의 자리에 오르는 것을 거절했다. 무의 죽음이 아직 확인되지 않았다는 것을 핑계로 삼았다.

– 내일 해가 밝으면 내 창병이 정면으로 적을 들이칠 생각이오. 그대들의 군대가 옆에서 내 군대를 도와 자잘한 일들을 처리하면 그만이오.

울릭과 예는 고개를 끄덕였다. 놋 왕은 반대 의견을 좋아하지 않았다. 특히 그와 동등한 왕의 신분이 아닌 사람에게는 충성만을 요구했다. 울릭과 예는 서로 논의하지 않았어도 둘 다 그의 비위를 순순히 맞춰 줄 심산이었다.

반대로 아베로에스의 진영에서는 누가 지도자가 되는가를 놓고 서로 겸양을 보였다.

– 나는 왕이라고 볼 수 없습니다. 작은 가족을 이끄는 사람일 뿐입니다. 이 자리에 진정한 왕은 마법사 왕국의 라토 님이 계시지 않습니까?

루 도인에 사는 모든 이들의 아버지, 대족장 아베로에스가 그 시작이었다.

－저는 육체를 잃고 동생의 몸에 의탁하고 있습니다. 이런 처지로 군대를 이끄는 것은 무리한 일입니다. 그리고 마법사들은 군대의 운용에 대해서 잘 알지 못합니다.

아리셀리스의 몸에서 라토의 음성이 흘러나왔다. 이제는 그 자리의 누구도 이상하게 생각하지 않았다. 루비 카르멘조차 형제가 몸을 공유하는 것에 지나치게 적응한 나머지 이상하게 여겼던 적이 있었는지 기억이 가물가물할 지경이었다.

스타인을 대표하는 사람은 셋이었다. 플리니 대공과 마르쿠스와 수무르라는 이름을 가진 북쪽 마을들의 지도자였다. 플리니 대공이 굳이 전장까지 온 것은 수무르가 오랫동안 남쪽에 사는 스타인 사람들에게 반감을 품어 왔고 오직 신뢰하고 계약을 맺은 것은 플리니 대공뿐이라 주장하는 까닭이었다. 그가 접착제처럼 스타인과 북쪽 마을 사람들의 연합을 이어 주어야 했다.

마르쿠스는 이 조합을 완전히 신뢰하지는 않았다. 수무르가 배신하는 것은 둘째로 놓더라도 모든 공은 플리니 대공에게 있었다. 수무르가 레푸스를 만난 자리에서 그를 무시하는 듯한 태도를 보이는 바람에 여러 번 동맹이 무너질 위기가 있었다. 이 상황에서 플리니 대공이 스타인 땅을 통일하겠다고 나선다면 그를 막을 사람이 없었다.

플리니 대공은 마르쿠스의 경계심을 아는지 모르는지 역시 겸손하게 대답했다.

- 저는 한때 학자였던 사람입니다. 군대에 대해서는 알지 못합니다. 그런 제가 어찌 그런 일을 맡겠습니까?

젤레즈니 왕국의 장군도 거절했다. 그는 자기가 이끄는 군대보다 더 큰 규모를 감당해 본 적이 없다고 담담하게 말했다. 인간이 비굴하게 굴지 않고 자기 능력의 한계를 사실대로 말하면 듣는 사람들에게 신뢰를 줄 수 있다. 모두 고개를 끄덕이며 존중했다.

이제 애커의 상인 중 하나였다가 임시 지도자를 맡게 되어 적은 병력을 이끌고 온 사람의 차례가 돌아왔다. 이름이 역사에 남겨지는 것조차 거부한 상인은 역시 자신에게 과분한 일이라고 대답했다.

- 이재를 따지는 일이나 물건을 사고파는 것에서는 제가 여기 계신 모든 분보다 뛰어날 겁니다. 그러나 제가 전쟁에 대해서 아는 것이 무엇이겠습니까? 게다가 저는 다른 분들처럼 고귀한 신분도 아닙니다. 그저 애커 사람들을 이끌고 어디로 가라면 그쪽으로 가서 명령을 따를 뿐입니다.

이렇게 해서 모두가 지도자가 되기를 거절하자 사람들의 눈길이 한쪽 구석으로 쏠렸는데 거기에는 군대를 이끌고 오지도 않은 두 사람이 있었다. 그러나 두 사람은 아까부터 존재 감이 강렬했다. 그 원인은 둘 중 나이가 많은 사람에게 있었다. 그는 인자해 보이는 표정과 다르게 기둥 같은 팔과 다리를 숨기지 못해서 옆에 선 젊은이는 그에 비하면 마른 나뭇가지처럼 보였다.

－가르젠 님.

가르젠은 커다란 몸집에 어울리지 않게 펄쩍 뛰었다.

－저를 왜 부르십니까?

－이 자리에서 군대를 이끌기에 적합한 분은 가르젠 님인 것 같습니다.

아베로에스는 지금까지 모든 사람이 거절했던 사실이 처음부터 없었던 것처럼 시치미를 뚝 떼고 간청했다.

－제가 싸움에 능한 것은 사실이지만 군대를 지휘하는 것은 잘 모릅니다.

－그러나 루 도인 선발대가 신전에 침입한 것을 군대도 없이 막아내지 않으셨습니까?

－어디까지나 대장장이 왕들이 만드신 방어 장비를 이용한 덕분입니다.

대장장이 신의 신전에서 있었던 방어전 이야기가 나오자 가르젠 옆에 서 있던 젊은이가 주먹을 불끈 쥐었다. 그는, 데스커드는 아직도 분이 풀리지 않은 상태였다.

데스커드는 대장장이 왕이 자유 동맹으로 간 사이에 방심하다가 다사의 누나에게 독을 맞았다. 그 바람에 에이어리가 스승을 돕기 위해 젤레즈니로 달려가는 결정적인 장면에 동참하지 못했다. 신전을 지나는 루 도인 군대를 막을 때 부상이 낫지 않은 몸으로 나섰지만 소중한 사람들의 죽음을 받아들여야 했다.

분노를 풀 곳이 필요했던 데스커드는 가르젠의 방랑벽을 충동질했다. 신전이 안전해지자마자 가르젠과 데스커드는 오카브와 에이어리를 만나러 달려갔으나 오카브의 암울한 얼굴이 전하는 소식은 실망스러웠다.

- 에이어리는 빛과 함께 사라졌어.

데스커드는 세상의 모든 고뇌를 혼자 짊어지지 않고는 견딜 수 없는 젊은이답게 선언했다.

- 저는 이대로 돌아갈 수 없어요.

그래서 젤레즈니의 군대가 루 도인에 오는 길에 데스커드가 동참하게 된 것이었다. 오카브는 가르젠에게 데스커드의 곁을 지켜 달라고 당부했다.

- 에이어리가 없으면 저 녀석은 꼬리에 불붙은 카니세리움처럼 굴 때가 있습니다. 고삐를 쥘 어른이 필요해요.

가르젠이 그런 요청을 거절할 리는 없었다. 오카브가 부탁하지 않아도 알아서 그렇게 할 생각이었다. 어쩌면 데스커드보다 전쟁터로 가고 싶은 마음이 더 강렬할지도 몰랐다. 그는 오카브가 자신의 체면을 생각해서 일부러 부탁해 준 것을 알았다.

－데스커드를 잘 다스리겠습니다.

그 맹세는 시간이 지나서 훨씬 큰 무게감으로 가르젠에게 다가왔다. 아베로에스가 그에게 묻고 있었다. 이 군대를 다스려 주시겠습니까?

가르젠은 데스커드를 내려다보았다. 데스커드도 키가 크지만 거인 같은 가르젠에 비할 수는 없었다. 젊은이는 불타는 눈으로 그를 올려다보았다. 수락하세요, 제가 목숨 걸고 싸워 드릴 테니까요.

그래도 가르젠은 망설였다. 대장장이 신의 사제가 전쟁에서 중요한 역할을 맡아도 괜찮은 것인가? 아베로에스는 그의 마음을 꿰뚫어 본 사람처럼 묻지도 않은 질문에 대답했다.

－이 전쟁은 루 도인에 사는 사람을 지키기 위한 방어전입니다. 우리는 누구도 침략하지 않습니다. 이 땅이 비록 척박하다지만 우리는 이 땅에 만족하고 그 안에 사는 이는 모두 형제이고 자매입니다. 우리의 평화를 지키기 위한 싸움입니다.

아베로에스가 가르젠 앞에 한쪽 무릎을 꿇고 앉았다.

－제가 가르젠 님의 수족이 되어 돕겠습니다.

마치 그 순간을 기다렸던 것처럼 아리셀리스와 라토도 한쪽 무릎을 꿇었다. 몸은 물론 하나였다. 옆에서 루비 카르멘도 같은 자세를 취했다.

이어서 플리니 대공과 수무르와 마르쿠스가, 젤레즈니 장군과 애커 왕국의 이름 모를 지도자가, 그리고 그밖의 참모들이 아베로에스의 동작을 따라 했다.

마지막으로 가르젠의 곁에 있던 젊은이가 한쪽 무릎을 꿇으며 가르젠의 넓적한 손을 잡았다.

－제가 가르젠 님의 창이 되겠습니다.

－아, 여러분은 저에게 선택권을 주지 않으시는군요.

그때 위대한 조언자라고 불리는 아녜시가 건물 안으로 들어섰다. 사방이 뚫린 공간이라 목소리가 바깥으로 쉽게 새어나가는 구조임을 감안하면 의도적인 등장이라고 말할 수 있었다.

－위대한 조언자님, 우리의 전쟁에 대한 신의 목소리를 들려주십시오.

아베로에스의 부탁조차 미리 준비한 것처럼 느껴졌다. 아녜시는 안개처럼 희미한 웃음을 띠고 대답했다.

- 저는 전쟁의 결과에 대한 말씀은 듣지 못했습니다. 다만 저는 이런 응답을 들었습니다.

아녜시는 마치 전쟁의 여신처럼 단호하게 말했다.

- 가서 싸워라.

그녀가 전해 주는 말은 언제나 한마디였다. 그리고 그녀의 입에서 나온 말은 승리하리라는 예언이 아니었다.

오히려 그런 말을 들었더라면 그들의 마음이 가라앉고 사기가 꺾였을 것이다. 언제나 긍정적인 것만 암시하는 싸구려 예언은 결과적으로 사람들의 신뢰를 무너뜨린다. 그러나 아녜시의 결말이 조금도 암시되지 않은 예언은 그 자리의 사람들을 모두 들뜨게 했다.

적어도 싸움에 참여하는 것만큼은 정당하다는 뜻이 아니겠는가? 때로는 결과보다 명분이 사람을 움직이게 한다.

다음 날 아침 척후병이 놋의 군대가 전진해 오고 있다고 알렸다. 쉬지 않고 달려왔는지 예상한 것보다 빠르게 그 머리를 드러내었다. 루 도인은 대부분 평탄한 지형이지만 개중 높은 곳에서 적의 진군을 지켜보던 가르젠과 아베로에스는 그 모습을 확인하자마자 탄식을 내뱉었다.

- 전차야.

놋 왕의 창병 중 선두 부대는 전차를 앞세우고 진군했다. 그

앞에서 달리는 덩치가 거대한 말은 괴물의 피를 받은 것으로 알려진 제국산 말이었다. 그리고 전차 부대의 양쪽을 감싸고 진군하는 기마 부대도 역시 긴 창을 들고 있었다. 마지막으로 전차 부대의 뒤쪽에 보병들이 흠 없는 사각형을 이루며 전진했는데 그들도 긴 창을 들기는 마찬가지였다.

　－하늘이 따갑겠군요. 저렇게 많은 꼬챙이로 하늘을 찌르고 있으니.

　아베로에스의 말이 끝나기 무섭게 그 말에 반대한다는 듯한 포효가 사방의 먼지를 밀며 솟아올랐다. 창병들의 뒤에 더 무서운 것이 있었다. 가르젠과 아베로에스는 눈을 비비고 먼 곳을 바라보며 동시에 외쳤다.

　－카니세리움.

놋 군대가 창을 주 무기로 다루는 것은

거대한 뱀 나트릭을 물리친 놋의 조상이

창을 들고 싸웠다는 이야기를 바탕으로 삼았다.

전설에 따르면 영웅이 나트릭 앞에서

이렇게 외쳤다고 한다.

– 무릇 뱀이란 긴 꼬챙이로 상대해야 하는 법이지.

그러나 여러 갈래의 이야기 중에는

창이 전혀 등장하지 않는 종류도 있다.

나트릭을 물리친 놋의 조상 역시 다른 행적으로 볼 때

괴물 앞에서 그토록 호기로운 말을 남길 사람이 아니라

신빙성을 의심하게 된다.

VIII

에이어리가 수상한 노인의
정체를 파악한다

세 사람의 생활은 한 달 가까이 이어졌다. 그동안 노인은 다시 육체를 사용하는 일에 익숙해졌고 육체를 사랑하게 되었다. 그저 한 줄기 바람이 피부를 스쳐 지나며 작은 감각의 흔적을 남기는 것에도 전율했다. 그러나 이 세계가 영원하지 않을 것을 생각하면 두려움이 골수까지 파고들었기에 진정으로 행복을 누리지는 못하고 있었다.

붉은 피부가 빛나는 루 도인 청년은 세계를 부수고 싶은 마음으로 가득했다. 가끔 주체하지 못할 힘을 허공에 분출해 보기도 했지만 세계는 그런 객기에 반응하지 않았다. 그는 무엇보다 전쟁의 결과를 궁금하게 여겼다. 루 도인이 마침내 전쟁을 승리로 이끌고 자유를 쟁취했는가를 확인하려는 마음이 미열처럼 피부를 떠나지 않았다.

만약 패했다면 내가 다시 군대를 이끌고 또 전쟁을 벌일 것이다. 마지막 한 명까지 싸우고 또 싸운다면 언젠가는 승리한

다. 그런 생각에 사로잡힌 젊은이에게는 이 가짜 세계의 고요
하고 아름다운 풍광이 단순한 색의 조합 이상도 이하도 아니
었다.

에이어리는 노인과 같은 기쁨도, 청년과 같은 열정도 느끼
지 못하고 그저 가만히 앉아서 시간을 보냈다. 가끔 두 사람과
이야기를 나누기는 했으나, 한쪽은 비밀이 너무 많았고 다른
한쪽은 오로지 전쟁, 전쟁만 이야기했다. 오래 함께 있어도 즐
거운 대화 상대가 아니어서, 그는 대장장이 왕이 된 후 처음으
로 사색의 세계에 발을 들여놓을 수 있었다.

대장장이 왕이 된다는 것은 무슨 의미인가? 신은 어째서 한
인간에게 감당하지 못할 힘을 주고 시험한다는 말인가? 지금
까지 대장장이 왕으로서 그 역할을 제대로 수행해 왔는가?

이러한 질문들은 자책으로 이어지는 지름길을 파 놓고 에
이어리를 유혹했다. 에이어리도 가끔은 그 수렁에 빠졌다. 그
러나 그때마다 에이어리를 섬광처럼 스쳐 지나는 생각이 있
었으니 신이 애초에 대장장이 왕들에게 지혜로운 처신과 영
웅적인 행동을 기대했는가였다.

에이어리는 대장장이 왕이 그저 신의 힘을 담아 놓는 그릇
이라는 결론을 내렸다. 대장장이 왕이 마땅한 자격을 갖추어
서, 그를 통해 세상을 변화시키는 것이 신의 목적이라고 생각

하면 그의 행동은 부끄러운 것투성이였다. 이리저리 휩쓸려 다니며 여러 가지 사건을 일으켰지만 냉정하게 판단해서 영웅적인 행보는 하나도 없었다.

그러나 세상을 멸망시킬 힘을 간직하다가 그 힘을 다음 대장장이 왕에게 넘겨주는 역할이라면 딱히 큰 잘못을 저질렀다고 볼 수도 없었다. 대장장이 왕이 되고 거의 10년이 지나서야, 성인으로 2년을 산 뒤에야 공명심과 자만심에서 벗어나 자기를 객관적으로 볼 기회를 얻었다. 자기를 죽이려는 사람과 빛에 휩쓸려 가짜 세계로 휘말린 덕분이었다.

대장장이 신이 내린 힘이 가짜 세계에서는 통하지 않았기에, 그 힘에서 한 발짝 떨어진 덕분에 진정으로 그 힘을 이해하고 받아들일 수 있게 되었다. 본래 사람은 무언가를 잃음으로써 깨달음을 얻는 법이라더니 그 말이 딱 맞는 상황이었다.

－전쟁은 확실히 끝이 났겠죠? 벌써 두 달에 더해 여기서 보낸 시간이 한 달이나 지났으니까요. 그렇겠죠?

노인은 대답이 없었다. 어차피 진지하게 대답해 주어도 내일 같은 질문을 들을 것을 알았다.

에이어리는 무의 얼굴을 빤히 쳐다봐서 그를 민망하게 만든 다음 말했다.

－꼭 그렇지도 않아.

무가 가짜 세계에 빠진 이후로 처음 들은 희망적인 말이었다.

- 왜요?

- 일단 바깥에서 시간이 얼마나 지났는지 우리는 알 수 없어. 이 세계에서 시간이 흐르는 속도를 모르니까. 어쩌면 네가 나를 죽이려던 순간으로부터 시간이 거의 흐르지 않았을 수도 있고, 반대로 우리가 알던 사람들이 모두 늙어 죽었을 수도 있지.

두 번째 가능성은 루 도인 젊은이에게 가장 두려운 악몽이었다. 어떤 적 앞에서도 공포를 느끼지 않을 것이 분명한 무가 벌벌 떨며 되물었다.

- 진심, 진심으로 하시는 말씀은 아니죠?

- 전혀 아니라고 할 수는 없어.

그 대답을 노인도 속으로는 인정했다. 에이어리는 무에게 겁을 좀 주려는 모양이지만 그 말이 완전히 틀렸다고 말하기도 어려웠다. 가짜 세계에 빠졌다가 돌아온 사람의 이야기를 전하는 많은 이야기가 며칠 혹은 몇 년 지내다 왔을 뿐인데 세대가 몇 번이나 바뀌었다고 하지 않는가?

에이어리는 그렇게 무의 식욕을 짓밟은 다음 노인을 보고 싱긋 웃으며 물었다.

－아직도 이름이 기억나지 않으세요?

－그렇지. 기억이 났다면 말했겠지.

－음, 이상한 일이네요. 이 세계가 어떤 변덕을 부렸는지 그 기억이 허공을 떠돌다가 제 머릿속으로 들어온 것 같거든요.

－그게 무슨 말인가?

－영감님의 이름이 무엇인지 왠지 저는 알 것 같은 기분이 든다는 말이죠.

에이어리는 세상 사람 모두를 괴롭히기로 작정한 듯했다. 무가 멍한 얼굴로 노인을 올려다보았다. 노인은 다시 몸을 되찾은 다음 처음으로 소름이 돋았다. 그래, 이런 느낌이었지, 하는 기쁨이 상황에 어울리지 않게 몰려왔다.

－어떻게?

－책에서 본 적이 있거든요.

－책이요? 이분이 유명한 사람인가요?

무가 옆에서 끼어들었다.

－그럼, 유명한 분이지. 이제 기억을 잃은 척은 하지 마세요. 설마 300년 동안 이 안에서 사신 건가요?

－내가 누구인 줄 어떻게 알았나?

－대장장이 왕들의 역사서가 따로 있으니까요. 거기에는 초상도 그려져 있어요. 대충 그런 건 줄 알았는데 알고 보니 상

당히 정확하네요. 여기 300년 동안 혼자 계셨던 거예요?

노인은 반박을 포기했다. 실은 기대하고 있지 않았던가? 먼 후배가 그의 정체를 알아봐 주는 것을 바라지 않았던가? 이 똑똑한 젊은이가 끝까지 속으리라고 믿은 적은 없었다.

─아니, 그러면 사람은 미치고 말 거야. 300년이나 지속되는 고독이라니. 사람은 100년 동안 지속되는 고독도 버티지 못하고 반드시 미쳐 버린다네. 어쩌면 더 짧은 세월로도 충분하겠지.

─이분이 누구신데 그러세요?

무는 이제 벌떡 일어나서 주먹을 쥐고 있었다. 그의 쉽게 흥분하는 성향은 어느 정도 젊음의 가호를 받고 있었지만 본래 타고난 면이기도 했다.

─이분은.

에이어리는 뜸을 들이다가 비밀을 머금은 입이 거북해져서 끝내 뱉어 버렸다.

─대장장이 왕이야. 최초의 대장장이 왕. 진짜 대장장이 왕이시지. 이후의 우리는 사실 대장장이가 아니니까.

말이 끝나기가 무섭게 무가 바닥에 엎드렸다.

─우리의 아버지시여.

에이어리는 눈썹을 치켜올렸다. 아버지라니 대체 무슨 뜻인지 이해할 수 없었다.

- 일어나거라.

- 아버지를 뵙게 될 줄 몰랐습니다.

첫 대장장이 왕, 정체가 폭로된 사람의 만류에도 무는 몸을 일으킬 줄 몰랐다. 슬쩍 보니 그는 눈물을 뚝뚝 흘리면서 울고 있었다. 노인과 에이어리는 당황해서 시선을 돌렸다.

- 어떻게 된 거죠? 루 도인의 아버지라니요?

32대 대장장이 왕이 설명을 요구했고 노인은 망설였다. 미래를 밝히면, 에이어리의 역할을 설명하면 모든 것이 어그러질 수 있다. 미래에 대해 말하는 것만으로 미래로 향하는 길 하나를 무너뜨리게 된다. 그러면 그의 저주, 관찰자의 삶은 영원히 끝나지 않을 것이다.

- 옛날이야기라면 조금 할 수도 있겠군.

어디까지 말해야 좋을지 알 수 없었다. 과거의 과오를 모두 털어놓는 것이 지혜로운 일인지도 알 수 없었다. 조금 전 그를 보고 울음을 터뜨렸던 연약한 무의 마음이 쉽게 용서로 돌아설 것 같지도 않았다.

- 내가 왜 그대들, 루 도인의 아버지로 불리는지 먼저 설명해 주게.

방금 울었던 것이 멋쩍었는지 무는 일부러 목소리를 굵게

가다듬었다.

－우리 루 도인은 한때 신을 모시는 천사였습니다. 악마의 꼬임에 넘어가 신에게 버림받고 악마의 지배 하에 억압의 세월을 보냈습니다. 우리를 위해 악마와 싸우고 마침내 우리에게 해방을 안겨 주신 분이 대장장이 왕이십니다. 그래서 우리는 대장장이 왕을 아버지로 모십니다.

무의 설명에는 모순이 있었다. 만약 그들을 지배하고 괴롭힌 것이 악마라면 다른 인간들에게 그토록 격렬한 원망과 증오를 품으며 살다가 전쟁을 일으킬 필요가 있겠는가?

노인은 에이어리의 얼굴을 보고 그가 만족할 만한 답을 얻지 못했음을 알았다.

－그 악마라는 존재가 누구인지 대장장이 왕께서는 아시겠지요?

에이어리는 마치 자기는 아니라는 듯이 노인을 대장장이 왕으로 불렀다.

－알고 있네.

－누구인가요?

무가 다시 과도한 열정을 드러내며 물었다. 자기가 넓은 감옥에 기약 없이 갇혀 있는 것을 깨닫지 못하고 당장이라도 달려 나가 원수에게 복수할 기세였다.

악마의 정체는 마법사들의 왕 세타세였다. 그가 루 도인에게 낙인을 찍고 영원한 소유물로 삼으려고 했다. 유령 같은 존재가 되고 뒤늦게 사태를 알아차린 최초의 대장장이 왕, 노인이 반란을 도와 그들의 자유를 되찾아 주었다.

그러나 루 도인의 증오는 극에 달했고 그들은 당장이라도 다시 마법사 왕국에 쳐들어가 세타세와 싸울 작정이었다. 최초의 대장장이 왕은 자기가 만든 인간이 그런 식으로 허무하게 멸망하는 것을 허용할 수 없었기에 그들의 분노를 흩어 하나의 대상이 아니라 자기들을 제외한 모두를 증오하는 상황이 되도록 방치했다. 그들을 직접 만들어서 그 구조를 속속들이 알기에 기억을 지우고 싶었지만 육체가 없으면 불가능한 일이었다. 루 도인의 표적 없는 분노는 오랜 세월 이어진 끝에 제국을 침략하는 전쟁을 일으키는 것으로 이어졌다.

─이미 죽었어. 그 악마는 죽었네.

부끄러운 과거를 떠올리며 노인은 진실이라고 생각하는 답을 꺼냈다. 세타세도 죽었고 나도 죽었으니 두 악마가 모두 죽은 셈이지.

─그럼 제국과 다른 인간들은요?

─그들은 그저 여타 인간들처럼 무지할 뿐이야. 많은 죄를 저질렀지만 악마는 아니라네.

－너희 루 도인들은 전쟁을 벌일 이유가 없다는 말이야.

에이어리가 준엄하게 말하는 것을 무는 받아들이지 못했다.

－그러나 저들은 우리를 차별하지 않습니까? 우리를 인간 이하의 존재로 보지 않습니까?

－그러면 그렇게 생각하는 자들을 모두 죽이고 마음의 평화를 되찾을 셈인가?

무는 혼란스러웠는지 자리에서 벌떡 일어나 집 안으로 혼자 들어가 버렸다.

－내버려두세.

노인이 에이어리를 데리고 무에게 목소리가 들리지 않을 들판까지 안내했다.

－실제로는 무슨 일이 일어난 건가요?

－아, 그건.

최초의 대장장이 왕은 마음에서 끓어오르던 욕망, 아무도 만들 수 없는 것을 만들고 싶었던 그 순수하고 악한 탐욕으로부터 이야기를 시작했다. 이야기는 끝나야 할 부분에서 끝났다. 그는 저주를 받아 유령 같은 몸으로 자기가 저지른 일의 결과를 기다리는 관찰자가 되었다.

－그러면 그 저주는 언제 풀리게 되는 거죠?

에이어리의 질문에서는 조금 전의 날이 선 기운과 다르게 젊은이의 앳된 면과 순수함이 드러났다.

자네가 이 모든 것을 바로잡을 때야. 그러나 그것을 에이어리가 미리 알면 안 되었다. 젊은이가 자기가 할 일을 미리 알게 되면 그의 인생도, 세상도, 역사도 모두 어그러질 운명이었다.

– 나도 알 수 없네. 영원하지는 않을 거야.

둘 사이에는 300년의 세월과 30명의 대장장이 왕들이라는 큰 틈이 있었다. 그러나 세월과 사람들을 뛰어넘어 마침내 둘이 함께 만나고 이야기를 나눌 수 있게 되었다. 미래를 보는 관찰자에게조차 단 한 번도 예지된 적이 없는 미래였다. 그것만으로도 노인은 행복을 느꼈다.

– 아무리 그래도 초상화만 보고 내 정체를 알아차리기는 어려웠을 텐데?

– 그 초상화를 유심히 보아 두었으니까요. 눈 밑의 점과 톱니처럼 파인 귀, 지나치게 길쭉한 코를요. 무엇보다 어린 마음에 그 아래 적힌 설명을 보고 잊고 싶어도 잊을 수가 없었죠. 그 이름이 가르젠이었으니까.

– 그래, 내가 대장장이 왕이 되면서 내 원래 이름은 버려야 했지. 무기의 사제는 그걸 자기의 이름으로 삼아 대대로 물려

주겠다고 했어. 진심으로 기뻤지. 최초의 가르젠은 무모했지
만 정말 훌륭한 사람이었으니까.

  ─지금 제 곁에 있는 가르젠도 훌륭한 사람이죠.

  ─알고 있어. 그 친구는 최초의 가르젠과 많이 닮았지. 그
커다란 덩치부터 말이야.

  그들은 2대부터 31대에 이르기까지 파란만장했던 대장장
이 왕의 역사에 관해 몇 가지 이야기를 나누었다. 에이어리는
역사책으로만 아는 내용이었고 관찰자는 직접 보았기 때문에
둘의 기억에는 차이가 있었다. 그러나 관찰자는 가끔 자기가
틀렸을 가능성을 고백하기도 했다.

  ─내 기억은 뒤죽박죽이라네. 직접 본 사람이 반드시 옳은
것은 아니야.

  둘의 이야기는 미묘하게 작별의 분위기를 풍겼다. 갇힌 기
간이 한 달이건만 내일은 똑같은 일을 하지 못할 것처럼 굴었
다. 둘은 대장장이 왕이었기 때문에 비로소 무슨 일이 일어났
는지 깨닫게 되었다. 둘 중 누가 먼저였는지는 이제 중요하지
않았다.

  돌아가자마자 에이어리는 문을 두드렸다. 잠겨 있지는 않
았지만 무가 스스로 나오게 하고 싶었다.

  ─무, 나와라. 집에 갈 시간이니까.

두 대장장이 왕은 문이 벌컥 열리는 것을 기대했지만 실제로는 조금씩 틈이 벌어진 끝에 무가 시무룩한 얼굴을 내밀었다.

－그런 농담은 하지 마세요.

－진짜야. 이제 돌아가야지.

무의 눈이 희망으로 차올랐다.

－어떻게요?

－내가 예전에 했던 말을 생각해 봐. 이런 세계를 만들 수 있는 건 주로 용이나 마법사라고 했지. 그런 큰 힘을 가진 존재는 이 주변에 하나밖에 없어.

－누구죠?

－나야.

에이어리의 말을 듣고 무는 버럭 화를 냈다.

－그러면 저를 속이신 건가요?

－아니야, 나도 오늘 알았어. 막대한 힘으로 유지해야 하는 세계가 있고 나는 이상하게 아무 힘도 발휘하지 못하고 있지. 그러면 내 힘이 어디로 갔는지 생각해 본 거야. 처음에는 신이 나를 책망하려고 힘을 거두어 가신 게 아닐까 했는데 스승님을 봐서는 그게 아닌 것 같았거든.

무는 계속 듣겠다는 태도로 팔짱을 끼었다.

- 나는 의식적으로 이런 세계를 만들 수 없어. 이런 건 대장
장이 왕의 능력 밖이라고 생각했거든. 네가 나를 죽이려던 순
간에 어떤 알 수 없는 작용으로 내 몸에서 힘이 빠져나와 이
세계를 만들게 된 거야. 아무튼 이 세계는 내 힘으로 지탱되고
있으니 내가 힘을 거두면 돌아갈 수 있을 거야.

에이어리는 대장장이 왕이라는 이름으로 불리기에 진정으
로 합당한 노인을 보며 말했다. 이 세계를 파괴하면 그는 다시
유령으로 돌아갈 것이다.

- 에이어리, 괜찮아. 그대가 설명을 원했기에 곁에서 지켜
보던 내가 그대의 소망에 부응해 이 세상에 빨려 들어오게 된
거야. 덕분에 잠시나마 육체를 맛보게 되었으니 후회할 것은
없네. 이제 영원한 안식을 기다리기만 하면 돼.

에이어리는 고개를 끄덕였다. 노인도 고개를 끄덕였다. 무
도 고개를 끄덕였다. 에이어리는 눈을 살며시 감았다가 다시
뜨며 다급하게 물었다.

- 잠깐, 그런데 어떻게 하는 거죠?

- 세계를 거두어들이면서 저쪽 세상에 있는 사람의 얼굴을
떠올리게. 그러면 그에게 가게 될 거야.

- 그렇다면 데스커드에게 가겠어요. 지금 신전에 있을 테니
까요.

노인은 다른 가능성을 떠올리고 소리를 질렀다.

그러나 이미 점 하나로 축소된 세계는 의미를 전달하지 못하고 곧바로 소멸했다.

- 내 몸에 기생하는 세 덩어리 중 하나를

어린 대장장이 왕에게 강제로 넣는다면

그는 부작용이 없을까? 혹시라도 두 힘이 충돌해서

그의 몸을 갈가리 찢어 놓는 것은 아닐까?

질문에 대답하는 사람은 없었다.

마법사 왕 라토의 고민은 어떤 충성스러운 신하와도

공유하면 안 되는 것이었다.

엄숙한 맹세 아래 왕들에게만 겨우 허락된 지식이었다.

그는 홀로 남은 방에서만 질문할 수 있었다.

- 대장장이 왕의 기운이 마법 덩어리와 충돌하지 않고

성분을 바꾼다면, 내 의도대로 되는 것이다.

그러나 마법 덩어리도 대장장이 왕을

서서히 변화시킬 것이다.

영향은 언제나 상호적이니까.

라토는 스스로 질문에 대답하고 눈을 감았다.

안식을 흉내 내도 그 속에는 평안함이 없었다.

IX

땅에서 격전이 치러지고

하늘에 두 번째 태양이 솟아난다

－카니세리움.

－카니세리움.

－카니세리움.

사방에서 같은 소리로 위장한 읊조림과 울부짖음과 감탄과 절망이 이어졌다. 평생 한 번 보기도 어려운 괴물들이 후방에 일렬로 서서 하늘을 물어뜯을 듯 날뛰고 있었다. 같은 편조차 그 존재를 모르고 있었기에 거대한 감정의 소용돌이가 양 진영을 휩쓸고 지나갔다. 관심의 주인공이 된 괴물들은 그 흥분과 공포를 민감하게 눈치채고 더 흉포해질 기세였다.

카니세리움은 열 마리가 조금 안 되었다. 멀리서 괴물을 확인한 아리셀리스와 그 안의 라토는 얼굴이 하얗게 질려 있었다. 괴물이 두려워서는 아니었다.

－사파이어 가스파르. 그가 돕지 않는다면 이런 일은 불가능할 텐데. 그도 사파이어 가문을 지키기 위해서는 어쩔 수 없

었던 걸까?

라토는 한때 동생인 아리셀리스로 위장하고 당시 황제였던 오셀롯을 만난 적이 있었다. 오셀롯은 대장장이 왕이 될 에이어리를 증거 없이 죽이기 위해 카니세리움을 이용하려고 했다. 라토는 그를 수행하던 사파이어 가스파르와 고위 마법사들의 도움을 받아서 카니세리움 세 마리를 조종할 수 있었다. 그러나 위험한 시도답게 결과가 좋지 않았다.

사파이어 가스파르는 이후에도 계속 동물과 괴물을 조종하는 연구를 지속했다. 딱히 비밀도 아니라 마법사 왕국의 모두가 아는 사실이었다. 라토가 예상하지 못했던 것은 그 연구의 결과가 자기 목을 겨누는 미래였다.

– 가스파르를 탓할 수는 없어. 그는 신중한 사람이야. 어쩌면 그의 의지와 무관한 일일지도 몰라.

– 그래, 네 말이 맞아, 아리셀리스. 가스파르와는 나중에 이야기할 기회가 있겠지. 당장 저것들이 우리 군대를 박살 내지 못하게 하자.

괴물들을 후방에 배치한 이유를 짐작하기는 어렵지 않았다. 카니세리움이 사람이라면 적과 아군을 따지지 않고 닥치는 대로 공격할 가능성이 있어서 일단 뒤에 대기해 놓았을 것이다. 그 모습을 보이고 포효를 듣게 하는 것만으로 상대의 손이 저리게 만드는 효과는 충분했다.

분명 카니세리움을 조종하는 사파이어 가문의 마법사들이 근처에 있을 것이다. 아주 먼 거리에서는 이 전설적인 괴물을 제대로 다루는 것이 불가능했다. 아리셀리스와 라토는 그들을 직접 처리하면 괴물들이 무력해질 것을 알았다. 생각이 끝나기 무섭게 둘이 소유한 몸이 움직였다.

- 저 괴물들은 제가 상대하겠어요.

데스커드는 이제 군대를 이끌게 된 가르젠에게 비장한 각오를 전했다. 가르젠은 껄껄 웃기만 했다.

- 저것들과 어떻게 싸운다는 말이냐? 카니세리움은 예사 괴물이 아니다.

- 무기로 베고 찌르면 쓰러지겠지요.

- 평범한 무기로는 안 된다. 네가 먼저 지쳐 쓰러지거나 밟힐 거야. 다행히 내게는 대장장이 왕의 무기가 있다. 예전에도 이걸로 저것들을 상대한 적이 있지.

가르젠이 품속에서 꺼낸 것은 11대 대장장이 왕이 만들었다고 전해지는 것으로 황금으로 장식한 손잡이의 정교한 무늬는 데스커드의 눈에 미로를 축소한 것처럼 보였다.

- 그러니 내가 직접 가서 상대하겠다.

데스커드는 가르젠의 몸이 다시 청년처럼 펄펄 끓는 것을 보았다. 미안하지만 지금 가르젠이 맡아야 할 역할이 아니었다.

－그러면 군대는 누가 지휘하죠?

－아.

－저에게 그 칼을 주세요. 가서 처리하고 올게요.

가르젠은 겁먹은 사람처럼 손을 부들부들 떨다가 마지못해 칼을 넘겼다. 데스커드는 손잡이의 무늬가 손바닥에 파고들어 붙는 것 같은 착각을 즐기며 사라졌다.

놋 왕의 전차 부대는 그사이에 전장을 야금야금 차지하고 있었다. 아직 전속력으로 달리지 않았지만 그 기세가 무서웠다. 자세히 보면 그 앞에 아지랑이 같은 덩어리들이 앞선 것을 알 수 있었다.

－루비 님.

－그래, 저건 우리 몫이다.

루비가 이끄는 마법사들이 출진 준비를 마친 기병들 사이로 끼어들었다. 기병들은 두 무리가 뒤섞여 있었는데 스타인 북쪽 마을의 수무르가 이끄는 이들과 루 도인의 아베로에스를 따르는 사람들이었다. 한쪽은 말을 타고 다른 쪽은 마타를 탔지만 두 부대는 꽤 잘 어울렸다.

－무슨 일입니까?

수무르가 루비에게 물었다.

- 저건 마법입니다. 가까이 가시면 안 됩니다. 마법은 마법으로 상대해야죠.

수무르가 이마를 문지르며 고개를 끄덕였다. 마법은 스타인 북쪽 사람들에게는 골칫거리 이상의 의미가 없었다. 그들역시 전통처럼 전해진 주술을 믿었지만 마법과는 거리가 멀었다.

루비가 이끄는 망명자들은 전장을 흐르는 마법의 바람을느끼고 그 힘을 조금이라도 손에 모으려고 했다. 그들이 만들어 낸 작은 불꽃은 사람을 공격하기에는 초라한 크기였다. 그러나 처음부터 목적은 따로 있었다.

루비가 불꽃을 공중에 띄우자 약속한 듯이 부하들도 손에든 것을 놓았다. 불꽃의 색은 붉은 것이 대부분이었지만 푸르거나 노란 것도 간간이 섞여 있었다.

양쪽 군대가 잠시 넋을 잃고 바라볼 만큼 아름다운 불꽃들이 너울거리며 상대편 진영으로 날아갔다. 실제 바람의 방향과는 달랐다. 바람은 어느 쪽 편도 들지 않고 비스듬히 불고있었다.

막 달릴 준비를 마친 놋의 전차들은 잠시 머뭇거렸다. 본래계획은 희미한 마법 구름이 상대 진영까지 흘러들었을 때 불

화살을 날려 폭발시키는 것이었다. 그러나 상대 쪽에서 불꽃을 보내는 바람에 폭발은 양 진영의 중간에서 일어나게 되어 버렸다. 그렇다면 그 안으로 먼저 뛰어들어서는 안 되었다.

제일 앞장서 가던 루비의 불꽃은 작별 인사를 남길 틈도 없이 폭발했다. 실은 다른 불꽃이 더 필요 없다고 말해도 좋을 만큼 순식간에 폭발이 주위로 퍼졌다.

불꽃이 치솟아 적을 볼 수 없게 시야를 가리고, 태어나서 처음 듣는 굉음이 귀를 막아 버렸다. 콧속에 스며드는 탄내에 당황한 병사들은 숨을 쉬지 못하는 것 같은 착각을 느꼈다. 심약한 병사들은 가슴을 움켜쥐며 바닥에 쓰러져 벌벌 떨었다. 그 중 일부는 엎드리자마자 지진이 난 것처럼 흔들리는 바닥에 적응하지 못하고 전쟁 전 든든히 채워 둔 뱃속을 비웠다.

놋의 전차 부대장들은 더 지체할 수 없다는 것을 알고 돌격 명령을 내렸다. 단단한 바퀴가 내는 불규칙하고 요란한 소음은 마치 커다란 통에 돌을 채워 넣고 벽면을 갈아 대는 것과 같았다. 그러나 조금 전 폭발의 충격으로 귀가 반쯤 멀어 버린 사람들은 다행히 그 소리를 제대로 듣지 못했다.

자욱한 연기를 뚫고 제국산 말의 대가리가 나오는 것을 보자 수무르와 아베로에스도 거침없이 돌격 명령을 내렸다. 둘은 뒤에서 팔짱을 끼고 구경할 생각이 없다는 점에서 동일했고, 그래서 처음 만난 사이지만 서로를 믿을 수 있었다.

제국산 말과 마타로 구성된 기병대가 속도를 높여 달려 나갔다. 놋의 전차 부대는 긴 창을 들고 그 위에 탄 사람들을 꿰뚫으려는 의도를 숨기지 않았다.

그 순간 가장 흥분한 것은 격돌하는 부대가 아니었다. 뒤에서 벽이나 기둥, 커다란 건물이나 노을처럼 배경으로 서 있던 카니세리움들이 폭발의 충격에 다시 날뛰기 시작했다. 그 기세가 격렬해서 멀리 떨어져 그들을 조종하던 마법사 중 일부는 눈과 코와 귀에서 피를 흘리며 통제력을 잃었다.

마침내 풀려난 카니세리움 몇몇은 누가 적이고 아군인지 구별하는 것의 무의미함을 전하려는 듯 펄쩍 뛰며 앞발을 휘둘러 사람들을 마음껏 밟고 할퀴었다. 아직 겨우 통제력을 유지하고 있는 카니세리움들도 피와 죽음을 보자마자 눈빛이 변했다.

─야단났군. 저쪽에서 카니세리움의 통제를 풀게 만들면 오히려 더 큰 지옥이 펼쳐지겠어.

라토의 말에 아리셀리스가 맞장구쳤다.

─차라리 우리가 저 괴물들을 전부 통제해 보는 게 어떨까?

─아리셀리스, 가끔은 그런 모험적인 말도 하는구나.

─상식이 통하지 않을 때는 그렇지.

아리셀리스는 라토와 몸을 공유하게 된 후 처음으로 마법의 힘으로 몸을 날려 이동했다. 그들이 몸에 품고 있는 힘의 덩어리, 마법의 결합체, 알툰세, 무엇으로 불러도 좋은 것들은 생각처럼 쉽게 폭발하지는 않았다. 지난번 아베로에스의 암살자들을 질식시키면서 그 사실을 확인한 형제는 전쟁 앞에서 대담하게 힘을 사용했다.

전투의 한복판을 뚫고 나가는 데스커드는 날아가는 형제보다 카니세리움에 접근하는 속도가 느렸다. 놋의 전차 부대 뒤로 역시 긴 창을 든 기병대가 몰려들었고, 그 뒤로는 모두 뛰어난 전사인 루 도인과 놋의 보병 부대가 기다리고 있었다. 그들을 뚫지 않고서는 전진하기 어려웠다.

- 데스커드 님, 우리와 함께 가십시다.

부르는 소리에 돌아보니 만난 적 있는 두 사람이 곁으로 다가왔다. 슈타이어의 세 용사 중 대장 슈타이어와 얼굴에 흉터가 있는 베르크만이었다.

- 한 명은 어디 있죠?

데스커드의 질문에 둘은 마주 보고 웃을 따름이었다.

- 셋이 힘을 합칩시다.

슈타이어가 다시 제안했다.

- 저는 슈타이어의 세 용사에 들어가고 싶지 않습니다.

-그 자리는 아직 완전히 빈 게 아닙니다. 그보다 루 도인의 전사들을 상대하려면 데스커드 님의 힘이 필요합니다. 그들은 저와 베르크만이 몸담고 있던 까마귀 발톱보다도 강한 전사들입니다.

-카니세리움만큼 강하지는 않겠죠.

데스커드가 품에 손을 넣어 확인하니 다시 대장장이 왕의 무기가 손바닥에 달라붙었다. 전사라면 중독되는 것이 당연한 감각이었다.

-카니세리움은 마법사 왕 형제가 처리하실 겁니다. 그것들은 마법의 힘으로 조종되고 있으니까요.

-그렇다면 알겠습니다. 힘을 빌려드릴게요.

합의를 마친 슈타이어와 베르크만과 데스커드는 처음 호흡을 맞추는 사람들이라고는 믿을 수 없는 협동 공격을 펼치며 루 도인 군대를 향해 전진해 갔다. 그들의 움직임은 스스로 인간을 뛰어넘었다고 자부하는 루 도인 전사의 움직임보다 더 뛰어난 것이라 자신만만하게 전장에 나섰던 루 도인들이 오히려 눈을 휘둥그레 뜨고 멍하니 쳐다보게 했다.

-저들의 움직임은 마치 무 님을 보는 것 같구나.

잃어버린 장군을 떠올리는 것이 병사들의 사기에 좋은 영향을 끼치지는 않았다. 그러나 그들은 슬픔과 증오를 결합할 줄 아는 진정한 전사였고, 다시 힘을 내어 무릎 닳은 사람들을 땅에 처박기 위해 달려갔다. 그러나 먼저 꿰이는 신세가 된 것은 하늘에서 갑자기 쏟아지는 화살 탓이었다.

마르쿠스는 전선 앞에 서지 못하고 뒤에서 화살 부대를 지휘했다. 그는 새와 같은 시력으로 전장을 세심하게 확인하면서 아군이 피해를 입지 않을 법한 장소를 골라 화살을 퍼부었다. 금속으로 무장한 놋 전차 부대를 상대로는 별 소득이 없었지만 루 도인에게는 예상하지 못한 타격을 주었다. 그들도 화살을 피할 만큼 빠르지는 않았다.

ー계속 후방으로 화살을 날려라. 아군과 난전이 벌어지면 쏘기를 멈춰야 한다. 이제 여기서 내 역할은 많지 않을 것이다.

그렇게 명령을 내려 두고서 마르쿠스는 미리 준비해 둔 제국산 말에 몸을 맡겼다. 남겨진 부하들이 멀리서 그의 뒷모습을 마지막으로 확인했을 때, 그와 맞선 상대가 말에서 떨어졌다. 병사들은 환호성을 질렀고 마르쿠스는 난전 속으로 사라졌다.

놋의 전차 부대와 기마병은 생각보다 힘을 발휘하지 못하고 있었다. 그들의 긴 창은 일자로 돌격하거나 상대의 돌격을 저지하는 데는 유용했지만 뒤엉켜 싸우는 상황에서는 거추장스러운 무기였다.

놋 군대는 오랫동안 실전을 경험한 적이 없었고 그들의 훈련은 왕의 눈을 기쁘게 하기 위한 공연에 가깝게 변해 있었다. 마타와 한 몸이 된 것처럼 움직이는 루 도인 땅 사람들과 사냥으로 단련된 스타인 북쪽 마을 전사들의 격렬한 움직임을 뒤쫓기 어려웠다. 사방이 막혀서 전진하지 못하고 멈추어 선 전차는 금속으로 만든 작은 성채에 지나지 않았다. 오히려 방어하기 불편한 성채였다.

아베로에스와 수무르는 나란히 달리며 전차를 모는 병사를 찌르고 베며 서로의 등을 지켜 주었다. 그들은 마차를 모는 제국산 말을 공격하는 일은 하지 않았다. 둘 다 말과 마타가 소중한 땅에서 자란 탓에 전쟁이 끝나면 수확으로 남을 것은 해치고 싶지 않았다.

놋의 전차 부대와 기병대가 맹렬하게 싸우는 동안 지원을 위해 달려온 루 도인들은 슈타이어와 베르크만이 이끄는 보병 부대와 데스커드의 저항에 좀처럼 실마리를 풀지 못하는 중이었다. 데스커드는 장군이 졸개를 상대하듯이 루 도인 여럿을 상대로 싸우면서도 밀리지 않았다. 슈타이어가 싸우다 말고 여러 번 곁눈질할 정도였다.

―세상에 저런 사람이 다 있다니. 내가 까마귀 발톱을 이끌 때도 저런 부하는 없었지. 저 움직임에 필적할 사람은 가르젠

님뿐이겠군.

옆에서 엿들은 베르크만이 소리쳤다.

-그 사람은 저 친구보다 몸무게가 두 배는 더 나가면서 그렇게 움직이니까요.

루 도인보다 후방에 있는 놋 군대는 폭주한 카니세리움에게 짓밟히고 도망치느라 전쟁에 큰 도움을 주지 못했다. 다이아몬드 울릭이 이끄는 마법사 군대도 카니세리움을 제어하려고 갖은 애를 쓰다가 정작 전쟁에는 제대로 힘을 보태지 못했다. 카니세리움을 쓰겠다는 생각은 에젠 황제 오셀롯으로부터 나온 것이었다. 그 고집이 그의 동맹을 패배로 몰아넣고 있었다.

-울릭.

다이아몬드 울릭이 고개를 돌렸을 때 아리셀리스의 모습을 하고 라토의 위엄을 풍기는 마법사가 나타났다. 그는 손가락을 튕겨 어리둥절해하는 울릭을 멀찍이 날려 버렸다.

-이 반역자. 지금 당장 널 죽이고 싶지만 상황이 급해서 참는다. 어서 너희 나라로 꺼져라. 내가 곧 처단하러 갈 테니.

그렇게 말하는 목소리는 외모와 다르게 라토의 것이 확실해서 울릭을 소름 끼치게 했다. 아리셀리스와 라토는 더 힘을 낭비하지 않고 카니세리움들을 진정시키는 데 온 힘을 쏟았다. 공격할 수 있는 유일한 기회였지만 울릭은 후환이 두려워서 차마 손을 뻗지 못했다.

모든 전황을 내려다보며 지시만 하는 가르젠은 아군의 상황이 나쁘지 않다는 것을 알면서도 가슴이 답답해서 견딜 수가 없었다. 당장 달려가서 주먹을 휘두르고 싶은 마음이 가득했다.

그러다가 그는 멀리서 빛의 덩어리가 나타나는 것을 보았다. 하늘에서 내려오는 것도 같고 땅에서 솟는 것도 같아서 어디에서 근원했는지 알기가 어려웠다. 처음에는 주먹만 한 크기로 시작해서 누구도 볼 수 없었지만 사람의 머리 크기 정도가 된 다음에는 뻗는 빛의 세기가 강해져서 똑바로 바라보면 눈이 부셨다. 가르젠은 예전에도 비슷한 경험이 있었으니 어린 에이어리가 누워 있을 때 치유를 명목으로 손을 내밀었던 라토에게서 그런 빛이 나왔었다.

─에이어리.

가르젠은 자기도 모르게 대장장이 왕의 이름을 내뱉었다.

멀리서 진정되고 있던 카니세리움들은 빛의 존재를 눈치채고 다시 날뛰기 시작했다. 라토와 아리셀리스는 몸속에 담긴 알튠세가 출렁이는 것을 느꼈다. 자칫하면 몸 밖으로 튀어나올 것 같은 기세였다.

173

- 대장장이 왕.

형제는 그렇게 외치고 나서 다시 괴물과 알툰세를 다스리는 데 사력을 쏟았다.

알툰세를 확대해 놓은 것 같은 모양의 구체는 갑자기 길게 늘어나더니 전장의 한가운데로 빨려들 듯 이동했다. 그 자리에서 루 도인을 상대하고 있던 데스커드는 빛이 자기를 삼키려고 달려드는 모습을 보았다.

데스커드는 싸우던 상대를 그대로 둔 채 뒤로 몸을 날리며 얼굴을 보호했다. 폭발에 대비한 것이었지만 빛은 그대로 공기 중에 녹아들어 흔적이 남지 않았다. 남은 것은 사람 둘의 형체였는데 하나는 앉고 하나는 누워 있었다. 정체를 확인하기까지는 시간이 좀 더 걸렸다.

- 에이어리 님.

- 무 님.

루 도인들이 무기를 거두고 땅에 엎드렸다. 에이어리는 주위를 둘러보고 어리벙벙하게 굴다가 얼른 무의 상태를 확인했다. 그는 눈을 감은 채로 가만히 누워 있었다. 두려움이 에이어리를 집어삼켰다.

- 심장이 뛰지 않아.

멀리서 에이어리의 말을 들은 것처럼 카니세리움들이 일제

히 포효를 날렸다. 그 소리를 감지한 전쟁터의 모든 사람이 전의
를 잃었다.

이 전투를 내전의 일부로 분류할 수는 없다.

제국의 문제가 원인이 되었지만

공교롭게도 제국을 제외한 모든 세력이

편을 갈라 싸웠다.

스타인과 젤레즈니와 애커와 놋과

마법사 왕국과 루 도인의 군사들이

한 장소에 모이는 일은 전에도 후에도 다시 없었다.

대장장이 신의 사제가 한쪽 군대를 이끌었고

전쟁 중간에 대장장이 왕이 난입했다.

이것을 설명할 말은 하나밖에 없다.

나, 전쟁 기록관 스탐노스는 루 도인 전투야말로

제국 역사상 최초의 세계 전쟁이라고 주장한다.

X

해답을 찾지 못하는 레푸스에게

피에스가 다시 접근을 시도한다

파르바주는 장인을 위한 것이었다. 장인보다 거만하게 앉아 있는 사위는 오래전부터 공식적으로 술을 마시지 않는 사람이었다. 여전히 가끔 우울해지는 밤마다 붉은 유혹을 견디지 못하고 몇 잔 들이켜는 일이 가끔 있지만 가까운 사람들만 아는 비밀이었다.

그러나 사실 피가두 대공, 장인은 알고 있었다. 레푸스의 부인이자 그의 딸인 피가두 부인은 아버지에게 비밀을 남기는 사람이 아니었다.

- 그분은 울어요, 아버지. 술을 마시는 날마다 혼자서 엉엉 울어요. 그러면 저는 못 본 체하고 먼저 잠자리에 들죠.

- 뭐라고 말하는 일은 없더냐?

아버지는 딸의 슬픔 속에서도 정보를 얻으려고 했다.

- 아무 말도 하지 않아요.

아버지는 딸이 거짓말을 한다고 생각했다. 다그칠 일이 아

니었다. 가만히 들어 주지 못하고 집요하게 굴면 다시는 정제
된 이야기조차 들을 수 없을 것이다.

– 참 아름답지 않습니까?

회상은 레푸스의 목소리로 깨졌다. 레푸스는 최근 들어 수
염을 기르기 시작했는데 그 때문인지 목소리도 이전보다 나
이 든 사람의 것처럼 들렸다.

– 무엇이 말입니까?

– 물론 파르바주의 빛깔입니다. 세상의 빨간 것들 중 그에
비길 것이 없습니다.

– 아, 그렇습니다. 그렇지요.

피가두 대공도 동의했다. 싱거운 구석이 있어서 사위의 마
음에는 차지 않았다.

– 오랜만에 딸과 손녀를 보신 소감이 어떻습니까?

– 기쁩니다. 늙은이의 낙이 또 무엇이 있겠습니까?

– 그렇다면 여기서 오래 머무십시오. 원하신다면 아예 거처
를 여기로 옮기셔도 좋습니다. 예전에 머무시던 저택은 아직
도 굳건히 서 있습니다.

레푸스의 말에는 피가두 공국을 다스리는 대공 노릇을 그
만두고 다시 신하가 되라는 뜻이 담겨 있었다. 너무 노골적이
라 그 의미를 해석하려고 골머리를 썩일 필요가 없었다.

-그러면 제가 임시로 맡은 땅은 어떻게 되겠습니까?

-그 땅은 먼저 르네가 다스리는 땅과 합쳐야 합니다.

-그 사람은 순순히 넘겨주지 않을 겁니다.

레푸스는 호탕하게 웃었다.

-피가두는 예전부터 용맹을 날리던 이름이 아닙니까? 얼마나 많은 장군의 투구에 피가두라는 이름이 새겨졌습니까? 르네는 턱도 없지요. 종이 먼지나 들이마실 줄 아는 샌님들입니다.

피가두 대공은 사위가 한때 박물학자가 될 생각으로 종이 먼지나 들이마시던 플리니를 모신 것을 생각했다. 지금 군대를 이끌고 전장에 나가 있는 것은 바로 그 먼지 나는 학자였다. 정작 왕의 피를 타고난 레푸스는 집 지키는 개 신세였다.

-르네는 오랜 친구입니다. 어찌 그를 상대로 힘을 쓰겠습니까?

-르네는 더 이상 이 나라에 보탬이 되지 않습니다. 피가두인지 르네인지 모두가 선택해야 하는 날은 이제 끝났습니다.

노회한 신하는 다시 왕이 되려고 하는 젊은이의 속셈을 모르지 않았다. 적으로 적을 상대한다. 피가두가 르네를 제거하면 직접 피가두를 제압해서 유일한 권력의 주인공이 된다. 그러나 피가두와 르네는 오랜 기간 정쟁을 벌이면서도 왕 앞에서 이익을 지키는 일에는 항상 동지였다.

－쉽지는 않을 겁니다.

사위가 못 알아들었을까 봐 한 번 더 힘주어 말했다.

－쉬운 일이 아니에요.

－그러나 피가두 대공.

레푸스는 장인이 자기와 같은 대공으로 불리는 것이 가소로웠지만 지금은 그렇게 불러야만 했다.

－지금보다 좋은 기회는 다시 오지 않을 겁니다. 제국과 다른 나라들은 먼 땅에서 벌어지는 전쟁에만 관심이 있어요. 폴로 공국에서 아크마트가 자리를 비우는 날이 또 오겠습니까? 여차하면 그쪽 작은 땅을 버리더라도 나머지 다섯 조각을 통일할 수 있습니다.

순전히 애국적인 관점에서 보자면 레푸스의 말이 옳다는 것을 피가두 대공도 인정할 수 있었다. 그러나 그러면 다시 신하 중 하나로 돌아갈 뿐 자기의 땅을 마음껏 다스리는 대공의 자리를 잃게 되어 있었다. 왕에게 충성하는 것보다 작게나마 자기 땅을 가지는 게 좋은 일이 아닌가? 딸이 통일된 스타인의 왕비가 된다고 한들 아비에게 좋을 것이 대체 무엇인가?

－아크마트 대공이 돕지 않는 오레스테스는 쭉정이 같은 놈입니다. 대공께서 르네를 집어삼킨 다음 위에서 내려오시

고 제가 아래에서 호응하면 알아서 항복할 겁니다. 물론 다른 사람들의 생명은 무사하겠지만 그 건방진 사촌만은 목을 매달아야겠죠.

레푸스는 그 순간을 상상하기만 해도 신이 나는지 몸을 부르르 떨었다. 파르바주를 바라보는 눈빛에서 갑자기 옛날의 탐욕이 솟는 듯했다. 피가두 대공은 서둘러 잔을 내려놓으면서 눈썹을 이마 한가운데로 모았다.

- 그대로 되면 좋겠지만.

피가두 대공은 오레스테스가 레푸스의 생각처럼 만만한 인물이 아님을 알았다. 그리고 플리니는 또 어떤가? 북쪽 산지 사람들의 지지를 받는 그가 마음만 먹는다면 스타인 전역을 차지하는 것은 수고라고 부를 것도 없었다. 미안하지만 사위의 편을 들어 풍파를 일으키는 것은 현명한 도박이 아니었다.

- 밤이 깊었습니다. 나머지 이야기는 내일 하시지요.

레푸스는 비록 자기 힘으로 이룬 것이 적었으나 마주 앉은 사람의 의중을 파악하지도 못할 정도로 미련한 사람은 아니었다. 그는 노기를 감추지 못하고 자리에서 먼저 일어나 버렸다.

홀로 남은 피가두 대공은 술을 홀짝이며 생각했다. 사람을 설득하려면 비굴해지거나 매달리는 것도 망설이지 말아야지.

아직도 자기를 왕자라고 생각하고 나를 신하라고 생각하며 위신을 세울 생각만 하니 일이 뜻대로 진행되지 않는 것이다.

그날 밤 한 사람은 술기운을 빌려 편안히 잠들었고 다른 사람은 분노와 걱정으로 밤새도록 뒤척였다.

장인이 오레스테스 공국을 지나 자기 영지로 돌아간 다음부터 레푸스는 조바심으로 그나마 남은 통제력을 잃었다. 마르쿠스가 떠나며 당부한 신하들이 여러 번 조언했으나 통하지 않았다.

─무엇을 걱정하십니까? 황제가 전쟁을 돕는 대가로 스타인의 통일을 약속하지 않았습니까? 가만히 기다리면 좋은 소식이 있을 겁니다.

─황제가 이긴다고 어떻게 확신하지? 만약 옛 황제가 이긴다면 그는 나를 죽이려고 쳐들어올 것이다. 그리고 만약 스타인이 다시 하나가 된다고 쳐도 나를 왕으로 삼는다는 보장이 어디 있나?

레푸스의 걱정이란 결국 다양한 형태인 척 모습을 바꿔도 언제나 같은 문제로 돌아갔다. 아버지 무스텔라는 죽을 때까지 거듭해서 그에게 통일된 스타인의 왕이 되기를 명령했다. 레푸스는 왕이 되어야 했다. 그는 한때 박물학자를 꿈꿀 정도로 그 자리를 두려워했지만 그래도 왕이 되어야 했다.

레푸스 왕께서 스타인 왕국을 하나로 묶어 통치하신다. 그 권한은 북쪽의 미개한 자들로부터 아루에 고개를 넘으면 나오는 동쪽 땅과 황제의 대로와 만나는 남쪽까지 모든 땅에 차별 없이 내린다. 스타인 왕국을 통치하는 분은 오직 하나다.

레푸스는 이 찬사를 위해 모든 것을 희생할 준비가 되어 있었다. 그러나 무엇을 위해 그런 것을 군이 얻으려 하는가? 그 질문에는 여전히 대답할 수 없었다. 어쩌면 선조들이 남긴 피가 맥박을 타고 온몸에 흐르면서 끊임없이 그를 충동질하고 있는지도 몰랐다.

전쟁은 동쪽에서 일어났다. 서쪽에서도 끝자락에 자리 잡은 스타인에서는 소식을 곧바로 듣기가 어려웠다. 대신 레푸스의 귀에 들려오는 것은 스타인을 다시 통일하자고 나서는 사람들의 목소리였다.

피에스의 사람들. 그들은 점점 세력을 모으고 있었다. 배운 자와 못 배운 자, 부자와 빈자, 귀족과 평민이 각자의 이익을 생각하지 않고 피에스라는 남자를 지도자로 삼았다.

레푸스는 한때 피에스를 신하로 삼았으나 마르쿠스가 돌아와서 그를 쫓아내 버렸다. 마르쿠스는 피에스라는 사람을 이렇게 평했다.

─그는 겉으로 대의를 떠들지만 실제로는 지극히 이기적인

인간입니다. 자기가 말하는 것을 믿지 않는 자의 눈과 입은 공허합니다. 그가 대공의 곁에서 힘을 얻으면 언젠가 자를 수 없는 혹이 될 겁니다.

레푸스는 그때 마르쿠스의 의견에 동의할 수 없었다. 반역이 아니냐는 농담에는 사실 진심이 담겨 있었다. 그러나 수무르라고 불리는 북쪽 마을의 지도자와 플리니 대공과 함께한 마르쿠스에게 벌을 내릴 수는 없는 노릇이었다. 그는 그때 처음으로 마르쿠스에게 앙심을 품었었다.

— 피에스.

그 이름은 무해하게 들렸다. 레푸스는 시중드는 하인을 불렀다.

— 그대는 피에스를 아는가?

— 예, 압니다.

대답에 망설이는 기운이 느껴졌다. 피에스를 따르는 일은 반역으로 해석될 만한 부분이 있었다. 지금까지 많은 권력자가 그런 세력을 매섭게 다룬 역사가 있었다.

— 피에스를 만난 적이 있는가?

— 멀찍이서 그분을 뵌 적은 있습니다. 대중 연설.

피에스의 세력은 사방에 퍼진 곰팡이와 같아서 없는 곳을 찾기 어려웠다. 레푸스는 그 문제를 고민하느라 시간을 끌기

싫었다.

　-그를 불러오게.

　-예?

　-그에게 레푸스 대공이 이야기를 나누고 싶다고 전하게.
평화로운 목적이라고 말해.

　-알겠습니다.

　-시간을 끌지 말고 당장 가서 전해.

　레푸스가 손가락으로 창밖을 가리키는 바람에 하인은 창문
으로 뛰어내려야 하나 고민하다 정신을 차리고 문으로 나갔
다.

　하인은 대로의 시작부터 끝을 가만히 걸으면서 피에스의
사상을 전파하는 사람들을 여럿 발견했다. 그중 중간 간부 정
도로 보이는 자에게 레푸스의 말을 전달했다. 그런 사람은 자
기의 권위를 과도하게 내세우며 뽐내는 경향이 있어서 눈썰
미가 없어도 금방 알아볼 수 있었다.

　중간 간부는 곧바로 자기보다 높은 관리자에게 그 사실을
보고했다. 몇 번 더 불필요한 단계를 거친 끝에 레푸스의 생각
이 피에스까지 전해졌다. 내용이 단순한 것이라 뜻이 왜곡되
는 일은 없었다.

　-그래, 나를 보자는 말이지.

그 무렵 피에스는 사상의 변화를 겪는 중이었다. 이전까지는 스타인이 통일되는 것이 가장 큰 목표이고 그렇다면 왕은 당연히 무스텔라의 아들인 레푸스라고 생각했었다. 어설픈 반역자로 몰려 군인들에게 두들겨 맞다가 모제스에게 구원받았던 시기의 피에스는 그래도 자기의 이익보다는 공동체의 미래를 걱정하는 인물이었다.

이제 피에스는 다른 기대를 품고 키우는 중이었다. 그가 한때 믿던 레푸스는 마르쿠스라는 협잡꾼의 말을 곧이곧대로 받아들여 충성스러운 신하를 단박에 내쫓았다. 그런데 옛 스타인 사람들은 그런 피에스를 괄시하지 않고 오히려 열광하며 지도자로 삼으려고 한다. 이것이 무엇을 의미하겠는가?

이것이 무엇을 의미하겠는가? 새로운 세상은 새 지도자를, 왕을, 황제를 원한다. 제국을 세운 첫 황제도 한때는 피에스처럼 떠돌아다니며 추종자를 모으는 신세였다. 그렇다면 적어도 스타인 땅에서 같은 일이 한 번 더 일어나지 않는다는 법이 세상 어디 있겠는가?

피에스는 그런 야망을 품고 레푸스를 만나러 갔다. 비록 레푸스에게 복수할 마음을 품었지만 아직 쓸모가 있는 사람에게 속마음을 전부 드러낼 수는 없었다.

그는 계절을 넘겨 만난 레푸스의 홀쭉해진 볼과 전보다 들어간 배를 보고 쇠망이라는 말을 문득 떠올렸다. 예전에 파르바주를 즐기고 피부가 매끄럽던 시절의 레푸스는 비록 절제는 부족했어도 젊음에서 나오는 패기가 가득한 인물이었다. 이제는 그런 기운도 다 사라지고 나이에 비해 늙어 보이는 초라한 인간만 보였다.

─피에스.

─대공.

둘은 가볍게 인사를 나누고 마주 앉았다.

─오랜만이오.

─그렇습니다. 겨우 몇 달이지만 제게는 몇 년과 같은 시간이었습니다.

─그대의 소식은 들었소. 꽤 큰 세력을 모았더군.

피에스는 그 속에서 권력자의 잔인한 말투를 느끼고 갑자기 긴장했다. 혹시 이 자리는 함정인가? 질투심에 자기보다 주목받는 지도자를 죽이려고 하는가?

─저에게는 세력이 없습니다. 그들은 나라를 걱정하는 충성스러운 사람들입니다. 그 충성은 대공을 향해 있습니다. 스타인의 권력은 정당한 왕에게 전해져야 합니다.

─옳은 말이오.

─옳은 말입니다.

피에스는 레푸스의 눈치를 살핀 끝에 그의 목적이 다른 곳에 있음을 눈치챘다. 스타인 사람들의 관심은 전쟁에 나간 북쪽 사람들과 플리니 대공과 협잡꾼 마르쿠스에 집중되어 있다. 한때 왕자였던 사람은 신하에게도 질투를 느낀다. 그는 관심을 갈구한다.

─ 저는 영원히 대공의, 스타인 왕의 신하입니다.

달콤한 말을 던져 주는 것은 어렵지 않았다.

─ 그대가 정말 그렇게 생각한다면.

─ 제 생명을 걸고 조금도 과장한 부분이 없습니다.

─ 그렇다면 나를 위해, 아니지. 스타인을 위해 해 줄 일이 있소.

─ 그게 무엇입니까?

─ 스타인은 황제의 말에 여러 번 속았소. 전쟁을 도우면 스타인을 통일시켜 주겠다는 말도 도무지 믿을 수가 없소. 그러니 이 전쟁에 눈과 귀가 쏠린 순간을 노려 이 땅을 통일해야 하오. 그대의 부하들이 돕는다면 어렵지 않은 일이지.

─ 그것은 어렵지 않은 일입니다.

─ 정말인가?

레푸스의 기뻐하는 모습도 예전처럼 활기차지 않았다. 이 사람은 지고 있구나. 처음부터 오래 필 꽃이 아니었거나 파르바주가 작용한 탓이겠지. 어쩌면 파르바주 덕분에 한때라도 그나마 피었던 것일지도 모른다.

　─그러나 대공의 신하 마르쿠스가 있지 않습니까?

　─그는.

　─저를 미워합니다. 제가 다시 대공을 도운 것을 알면 저 유명한 활 솜씨로 제 눈알을 꿰려 들겠지요.

　─그것은.

　─그런 위협 속에서는 일할 수 없습니다.

　─내가 어떻게 해 주기를 원하는가?

　─저를 신하로 삼으면 마르쿠스는 대공을 협박하고 저를 해치려 들 것입니다. 그때 저를 지켜 주실 수 있겠습니까?

　내심으로는 아예 마르쿠스를 내쳐 달라고 부탁하고 싶지만 처음부터 의심을 사서도 곤란한 일이었다.

　─그 정도는 할 수 있소.

　─쉬운 일이 아닙니다. 그는 대공도 다루기 어려운 선대의 신하가 아닙니까? 그가 저를 죽이겠다고 날뛰면 어떻게 하실 작정이십니까?

　레푸스가 생각해 보기에 그런 일이 절대로 일어나지 않는다는 보장도 없었다. 그는 당장 피에스를 끌어들일 생각에 골몰한 나머지 역사가 반복되는 것을 깨닫지 못했다. 피가두냐,

르네냐. 이 질문이 이름만 마르쿠스와 피에스로 바뀌는 꼴이었다.

  – 군대가 돌아오기 전에 스타인이 통일된다면 그대를 총리로 삼겠소. 마르쿠스의 상급자로서 그에게 원하는 처분을 할 권리를 주지. 물론 그대는 마르쿠스에게 해코지할 생각까지는 없겠지?

  – 물론입니다. 그저 제 안위를 지킬 따름이지요.

  피에스는 자기의 안위를 위해 세상도 멸망시킬 수 있는 사람이었다. 이것만은 변화된 사상이 아니라 그가 모제스에게 도움을 구하던 시절부터 한결같았다.

통일 운동의 구심점은 레푸스가 아니라 피에스였다.

각지에서 반란을 일으킨 사람들은

피에스를 위해서 싸우고 피에스를 위해서 죽었다.

스타인 공국 안에 머무는 레푸스 대공으로서는

끝내 알 도리가 없었다.

XI

아녜시를 찾아간 오카브가
예상하지 못했던 말을 듣는다

- 이게, 이게.

칼디가 흥분해서 말을 더듬었다. 그에게는 자연스럽게 일어나는 일이었다. 그러나 새로운 젤레즈니 왕을 기대하던 사람들에게는 모자란 행동처럼 보였을 것이다. 그는 그렇게 아버지와 신하와 국민의 신뢰를 잃었으나 누나가 그렇게 생각하지 않는 것이 유일한 위안거리였다.

- 이게, 이게 148번째 수집품입니다.

검은 날개 양쪽에 호박색 무늬가 대칭으로 새겨져 있었다. 무늬는 두 겹으로 되어 있어서 안쪽은 바깥쪽에 비해 진한 붉은색이었다. 마치 어둠 속에서 붉은 눈으로 노려보는 사람을 연상하게 했다.

- 이, 이름은 피로 나비로 지었습니다.

- 피로?

누나인 데네브가 물었다.

- 눈이 빨갛게 되었다는 건 피로하다는 뜻이니까. 꼭 누나
처럼.

- 아, 내 눈이 충혈되었니?

데네브는 눈가를 문지르고 환하게 웃었다.

- 꼭 피곤해서 그런 건 아니야. 이유를 모르겠는데 자꾸 눈
이 빨갛게 부어.

데네브는 살짝 튀어나온 배에 자기 손을 가만히 얹었다. 오
카브가 뭔가 한마디 보태 주기를 바랐지만 그는 혼이 빠진 사
람처럼 멍청하게 서 있었다.

- 그러고 보니 상자가 두 개 부서졌다고 하지 않았어? 이제
상자를 다 썼겠네? 다시 만들어 달라고 해야겠어.

남매의 대화에 전혀 끼지 못하고 딴생각만 하던 오카브가
정신을 차렸을 때 들은 말이 그것이었다.

- 그래, 다시 만들어 줄 수 있을 거야. 150개를 더 만들어 주
면 될까?

칼디는 누나 부부를 빤히 보더니 고개를 저었다.

- 아니요. 그러실 필요 없어요.

오카브와 데네브는 칼디의 마음이 상했나 싶어 화들짝 놀
랐다.

- 왜?

- 끝났어.

- 뭐가?

- 나비를 수집하는 일은 이제 끝이야.

칼디는 담담하게 말했다. 그러나 누나는 충격을 받아서 동생의 팔을 잡았다.

- 그게 무슨 일이야?

- 그런 게 아니야, 누나. 나비를 모은 건 나비를 사랑해서가 아니었어. 가만히 있을 수 없어서 할 일이 필요했던 거야. 오카브 님이 만들어 주신 상자를 모두 썼으니 됐어.

- 그래도.

오카브는 데네브가 동생 앞에서 약해지는 것을 보면 장차 태어날 자식에게도 엄격한 어머니는 아닐지 모르겠다고 생각했다.

- 나도 이제는 누나를 도울 수 있는 일을 찾을 거야. 누나도 좋아서 하는 일이 아니잖아?

칼디는 기억하고 있었다. 누나가 대관식을 앞두고 하소연한 것을 잊지 않고 있었다.

- 나는 어렸을 적에 내가 남자로 태어나지 않고, 또 네가 있다는 사실에 몇 번이나 감사했어, 칼디. 나는 왕이 되고 싶지 않았거든. 하지만 네가 억지로 왕관을 쓰며 고통스러워하는

모습을 보느니 내가 왕이 될게. 나에게는 이 일이 너만큼 고통스럽고 힘든 건 아니니까.

데네브에게는 부끄러운 기억이었다. 그녀의 볼이 살짝 달아올랐다. 오카브와 칼디는 그런 변화에 민감한 사람들이라 곧바로 알아차렸다.

─고마워, 칼디. 네 마음을 잘 알겠어. 그렇다면 네 수집품을 사람들에게 공개하면 어떨까? 모두 널 다시 보게 될 거야.

칼디는 뜻밖의 제안을 받고 망설였지만 오래 고민하지는 않았다. 그는 원래 수집품을 과감하게 버리고 싶었지만 지금은 누나의 남편이 된 오카브가 만들어 준 상자를 생각해서 그렇게 할 수 없었다.

─좋아, 그렇게 하자.

이야기를 마치고 나오는 동안에도 오카브는 주변 사물에 관심이 없는 사람처럼 굴었다. 새삼스러운 것이 아니라 지난 두 달 동안 계속 같은 태도였다. 데네브는 그 이유를 알았지만 그렇다고 고통이 감해지는 것은 아니었다.

─오카브.

─네?

─에이어리는 무사할 거예요. 만약 죽을 일이었다면 빛에 휩싸여 사라지지 않았겠죠.

- 나도 그렇게 믿고 싶어요. 하지만 그 빛은 신으로부터 받은 힘이 아니라 아주 낯선 것이었어요.

오랫동안 숨겼지만 이제는 오카브의 몸에 대장장이 신의 힘이 남은 것을 모두가 알게 되었다. 그는 그 힘으로 두 번이나 젤레즈니를 구한 영웅이었다. 그러나 처음 젤레즈니를 구했을 때만큼이나 절망에 빠져 있었다.

- 에이어리가, 대장장이 왕이 살아 있으면 되는 건가요?

- 그렇다면 아무 걱정도 없지요.

젤레즈니 여왕은 남편의 대답을 듣고 명령하듯 말했다.

- 그렇다면 투름으로 가세요.

- 투름이라면?

오카브는 아직 젤레즈니의 지리가 익숙하지 않았다.

- 여기서 서쪽으로 가면 나오는 작은 마을이에요. 나도 사실 우리 나라에 그런 마을이 있다는 걸 여태까지 몰랐어요.

- 그 마을이 왜요?

- 거기에 모든 것을 아는 사람이 있다고 해요.

- 점쟁이 같은 건가요?

데네브는 고개를 저으며 말했다.

- 그런 사술은 아닌 것 같아요. 나도 소문으로 들었지만 누구에게나 대답을 들려주는 건 아니라고 해요. 이름이.

데네브는 이마에 손가락을 대고 고민했다. 오카브는 슬픔이 몸을 지배하는 와중에도 그 모습을 더없이 사랑스럽게 느꼈다.

- 맞아요, 아녜시. 아녜시라고 했어요.

- 그 이름이라면.

- 어서 가세요. 마차를 준비하라고 할 테니까 지금 당장요.

오카브는 데네브가 여왕처럼 굴 때 대처할 방법을 아직 찾지 못하고 있었다. 어쩌면 영원히 답을 얻지 못할 것이다.

데네브가 어찌나 서둘렀는지 오카브는 그녀와 함께 점심을 들지도 못하고 마차에 올랐다. 그의 옆자리에는 작은 도시락이 놓여 있었다.

음식은 훌륭했고 가는 길은 사실 매우 평화로웠다. 세상이 다시 생기를 되찾는 중이었다. 인간들이 전쟁을 벌이건 말건, 어리석은 사람이 제자의 죽음을 걱정하건 말건 조화는 이루어져야 하는 대로 이루어졌다.

오카브를 모시는 사람은 지위에 걸맞은 공손함과 함께 존경심을 숨기지 않았다. 젤레즈니의 모두가 그랬다. 그는 두 번이나 침략을 물리친 영웅이었다. 오카브는 죄를 지은 자기가 그런 대접을 받는 것이 불편했으나 달리 도리가 없었다.

마차가 잠시 섰을 때 오카브는 마부 옆자리로 옮겨 앉았다.

그를 모시는 이에게 부담스러운 일임을 알았지만 그 정도는 마음 내키는 대로 하고 싶었다.

- 밖에서 세상을 보고 싶어서.

그런 핑계도 불필요했다. 마부의 표정을 보니 그는 오카브와 이야기하는 것을 더없는 영광으로 생각하고 긴장과 기대를 동시에 뿜어내는 중이었다. 아마 그가 영원한 침묵의 요람에 놓여 지나간 일을 회상할 때까지 잊히기 어려운 추억으로 남을 것이다.

- 물론입니다. 젤레즈니는 아름다운 나라입니다. 모두가 젤레즈니 공께서 지켜 주신 아름다움입니다.

오카브는 사람들에게 젤레즈니 공으로 불렸다. 그에게 성이 없어서 생긴 일이었다.

- 대장장이 왕들은 성이 없나요?

데네브가 그렇게 물었다.

- 없습니다. 이전 시절의 이름은 버리는 데다가 대장장이 왕은 귀족이 아니라 대장장이니까요. 이름만 있으면 족합니다. 한때 자기들이 진짜 왕이라고 생각하던 족속은 있었지만요.

그들의 교만함은 대장장이 왕으로부터 신의 능력이 단절되게 했다. 오카브로부터 불과 몇 대 위까지 그런 일이 지속되었던 시절이 있었다. 왕들의 회합에 참여해야 하는 끔찍한 맹세도 그때의 산물이었다.

- 그렇다면 제 성을 받으시겠어요? 우리 아이가 태어났을 때 그 아이를 젤레즈니로 불러도 될까요?

- 물론입니다.

- 기분이 나쁘신 건 아니죠?

- 그럴 리가 있나요. 내가 젤레즈니가 되어도 괜찮은가 생각해 봤어요.

- 걱정하지 말아요, 오카브. 누구도 반대할 수 없을 거예요.

- 젤레즈니 공.

아직도 어색했지만 이렇게 불리는 게 기분 나쁘지는 않았다. 오카브라는 이름은 사실 대장장이 왕의 작명책에서 비롯한 것이었다. 대장장이 왕이 아니게 된 이상은 당연히 버려야 할 이름이었다. 가능하다면 신이 주신 능력도 이제는 잃고 싶은 심정이었다.

- 그대는 이름이 어떻게 되오?

- 물어봐 주시니 영광입니다. 저는 에카입니다.

- 에카, 에카라. 우리가 가는 곳이 투름이었던가?

- 그렇습니다.

- 그건 투름스와 무슨 상관이 있는 건가?

-투름스가 무엇입니까?

　-투름스를 모르나? 길이의 단위인데? 50키나가 1투름스
가 되지.

　-50키나라면.

에카는 복잡한 계산을 하느라 시선을 하늘로 돌렸다. 오카
브는 조금 돕기로 했다.

　-키가 제법 큰 사람 50명이 한 줄로 누운 길이지. 달리기가
빠른 사람도 열을 셀 동안에 들어오기는 쉽지 않은 거리야.

　-아, 그걸 투름스라고 하는군요.

　-그래.

　-저는 처음 들어 봅니다. 아마 제국에서만 쓰는 말인 모양
입니다.

　-그렇다면 투름스와 우리가 가는 마을 투름은 아무 상관
도 없겠군.

　-그렇겠죠. 우리 젤레즈니는 아무리 긴 것도 키나로 계산
합니다. 예전에 누가 1만 키나라는 말을 했는데 그게 어느 정
도인지 사실 감이 오지 않지만요.

　-그건 상당히 먼 거리지. 하지만 사람이 하루에 충분히 걸
을 수 있는 정도야.

　-사람이 하루에 1만 키나를 걸을 수 있다고요?

─조금 무리하면 2만 키나도 가능하지.

─사람이란 대단하군요.

오카브는 에카가 왠지 마음에 들었다. 그를 보면 외모와 처지가 달라도 옛날 만났던 다사가 생각났다. 가족 때문에 오카브를 납치했지만 그도 천성이 악한 사람은 아니었다.

─우리가 가는 길은 2만 키나보다도 멉니다. 하지만 어디에 가도 젤레즈니 공을 환영하고 대접할 겁니다. 잠자리를 구하기는 어렵지 않을 거예요.

─알고 있어. 하지만 우리의 정체를 들키지 않고 조용히 갔으면 좋겠네.

여왕의 곁을 떠나서 그를 추종하는 무리에 둘러싸이는 것은 악몽에 나올 법한 상황이었다. 다행히 데네브는 남편의 성향을 잘 알았기에 여왕의 마차 대신 적당히 좋은 것을 내주었으니 마차로는 정체를 들키지 않을 수 있었다. 그렇다면 남은 껍질은 하나였다.

오카브는 마부에게 양해를 구하고 객차로 돌아간 다음 젤레즈니 공의 옷을 벗고 오카브의 옷을 입었다. 버석거림이 없고, 오래 입어 부드러운 천을 걸치는 순간 추억이 돌아오는 느낌이 들었다. 그러나 동시에 오카브 시절의 고뇌가 다시 피부에 들러붙는 것 같은 착각도 함께 왔다.

여행은 며칠 동안 계속되었다. 오카브의 마음은 봄 풍경에 취해 상쾌해졌고, 에카는 말동무로 손색이 없었다. 비로소 데네브의 뜻을 이해할 수 있었다.

그녀의 배려 덕분에 두 번이나 신의 힘을 무단으로 사용한 것에 대한 죄책감이 조금 누그러졌다. 젤레즈니는 전쟁에 시달려도 되는 땅이 아니라 제국 한구석에서나마 평화를 지켜 나가야 할 공간이었다.

마차는 드디어 투름에 도착했다. 오카브의 추측과는 다르게 평범한 마을이었고 어디에도 위대한 조언자의 흔적 같은 것은 없었다.

오카브는 에이어리에게 위대한 조언자 아녜시에 대한 이야기를 들은 적이 있었다. 그녀는 마법사 왕국에 들어간 다음 신의 명령을 따라 나오지 못하고 있다고 했었다. 그런데 어떻게 세상 반대편이라고 할 수 있는 땅에 갑자기 나타났는지 모를 일이었다. 아녜시의 능력은 신의 목소리를 듣는 것이 전부라 물질적인 세계에는 작용하지 않았다.

마차가 마을 광장이라고 부를 만한 곳에 멈추어 서자 어른 몇 명이 후다닥 달려오는 것이 보였다. 지나는 사람이 적으니 과한 호기심을 표현하는가 생각했는데 그들은 마차 문 앞에 서서 머리를 조아렸다. 마부 에카는 당황스러운 얼굴로 오카브의 심기를 거듭 확인했다.

- 무슨 일이에요?

에카가 대신 물었다.

- 젤레즈니 공께서 오신다는 말을 들었습니다. 저희가 어찌 모시지 않을 수 있겠습니까.

- 왜 내가 젤레즈니 공이라고 생각하십니까?

오카브는 문을 열지 않은 채로 물었다. 대답은 매끈한 뱀처럼 곧바로 나왔다.

- 오늘 아침 아녜시 님이 말씀하셨습니다. 여왕의 남편이 올 것이다. 그래서 젤레즈니 공이 오시는 줄 알았습니다.

그렇게까지 나온다면야 더는 버틸 재간이 없었다. 오카브는 문을 활짝 열었다.

- 오.

사람들은 오카브의 옷이 수수한 것을 보고 조금 놀란 듯 싶었지만 곧 친절에서 나온 무심함으로 의문을 덮었다.

- 이렇게 된 이상 곧바로 아녜시 님께 갑시다. 그분도 나를 기다리고 있지 않습니까?

- 그렇습니다. 저희와 함께 가시지요.

오카브는 에카에게 마차를 지키라고 명령해 둘 참이었으나 그 얼굴에 청년다운 호기심이 솟는 것을 보았다. 그도 한때 그

런 청년이었으니 괜히 실망시키고 싶지 않아 따라오라고 손
짓했다. 에카는 말들에게 가만히 있으라고 당부한 다음 땅으
로 펄쩍 뛰어내려 오카브의 뒤를 쫓았다.

아녜시의 집은 마을 중심에서 벗어나 한참을 들어가야 하
는 구석에 있었다.

　— 걷기가 힘들지 않으십니까?

그렇게 묻는 것을 오카브는 웃음으로 무마했다. 나는 쉽게
발이 부르트는 고귀한 사람이 아닙니다. 대답은 속으로만 해
두었다.

　— 여깁니다.

오카브는 아녜시와 단둘이 이야기하고 싶었으나 누구도 문
밖에서 기다리려는 사람이 없었다.

　— 저만 들어가면 안 되겠습니까?

　— 아, 그렇지요. 저희가 예절에 어둡습니다.

아까부터 안내를 맡은 사람이 마을의 지도자인 듯했다. 오
카브는 가볍게 고개를 숙이고 안으로 들어갔다.

　— 으악.

비명에 더 놀란 쪽은 오카브였다.

　— 뭐야? 왜?

안쪽에 보이는 것은 겨우 대여섯 살 정도 된 여자아이였다.

양 갈래로 땋은 머리는 고집스럽게 아래로 뻗어 있었다.

– 누구예요?

– 나는 오카브란다. 너는 누구니? 아녜시 님의 딸이니?

– 내 이름이 아녜시예요.

– 아.

그제야 아녜시가 젤레즈니 서쪽에 있는 이유를 알게 되었다. 그러나 이 어린아이가 신의 목소리를 들을 수 있고, 하필 이름도 아녜시라니 심상하게 생각할 우연이 아니었다.

– 왜 소리를 질렀니?

– 귀신이에요?

– 누가?

아녜시는 작은 손가락으로 오카브의 가슴 쪽을 가리켰다.

– 아니, 사람이다. 귀신을 본 적 있니?

– 없어요.

– 그런데 왜 나를 귀신이라고 생각했니?

– 죽음.

아이의 말은 섬뜩했다. 아이의 입술에서 나오는 것이라 더 섬뜩하게 느껴졌다.

– 죽음이라니?

– 죽음이 느껴져요.

아이의 손가락은 여전히 오카브의 가슴팍을 가리켰다.

– 나한테서?

어린 아녜시가 고개를 끄덕였다.

– 죽음이 느껴진다고?

– 그런 건 처음 봤어요. 다른 사람들은 다 죽었는데.

– 얘야, 네가 하는 말이 너무 무섭구나. 조금 더 쉽게 설명해 줄 수 없니?

아녜시는 입술을 쭉 내밀었다. 아무래도 시간이 좀 걸릴 것 같았다.

－가르젠, 대장장이 왕은 왜 한 명일까요?

몇백 명쯤 있어도 되지 않나요?

－그렇게 된다면 왕이라고 불러 무엇하겠습니까?

－아, 그 생각을 못 했어요.

어린 대장장이 왕은 사제의 말을

오래 기억해 두었다.

XII

에이어리가 라토와 아리셀리스 앞에서
하늘에 대고 조력을 맹세한다

에이어리와 무가 한복판에 떨어진 다음부터 전쟁은 매일 반복되어 지겨운 일상 같은 것처럼 느껴졌다. 모두가 상대를 처죽이는 일에 의욕을 잃었다. 알 수 없는 이유로 대장장이 왕과 그 동행인을 보고 싶어했다. 마치 대장장이 왕의 새로운 문자가 그들이 선 땅 거죽 아래에 그려져 마음을 조종하는 것 같았다.

가르젠은 지휘하던 자리에서 벌떡 일어나 누가 말릴 새도 없이 에이어리를 향해 달려갔다. 루 도인들은 갑자기 나타난 대장군 앞에서 무기를 놓았다. 놋 군대는 전쟁이 소강 상태에 이른 틈을 타서 슬금슬금 후퇴했다. 전차가 고장나거나 말이 풀려 움직일 수 없는 병사들은 두 발로 달려서 자기 진영으로 돌아갔다.

아베로에스의 마타 부대도, 수무르의 북부 산지 병사들도 넋을 잃고 대장장이 왕을 바라볼 따름이었다.

– 저분이 대장장이 왕이군요. 자애로운 분으로 보입니다.

아베로에스는 평생 그보다 더 신비한 것을 보지 못한 사람처럼 감탄했다.

– 그런 것 같습니다.

수무르의 무뚝뚝한 반응에도 분명 감정적인 부분이 있었다.

사람의 반응은 대략 일치되었으나 괴물의 왕으로 취급받는 카니세리움에게는 통하지 않았다. 대장장이 왕을 보자 카니세리움들은 하늘을 향해 울부짖고 발광할 기세였다.

– 점점 통제하기가 어려워지는데. 아리셀리스, 이것들의 머리를 전부 폭발시키는 건 좋은 생각이 아니겠지?

– 그건.

– 찝찝하다는 말이구나. 나도 그래. 정이 안 가는 괴물이지만 그 생명에는 고귀한 구석이 있거든.

– 카니세리움은 단순한 괴물이 아니야.

– 그건 그렇지.

라토가 대답하건만 아리셀리스도 함께 고개를 끄덕였다. 둘은 한 몸, 아리셀리스의 몸을 공유하고 있었다.

– 진정시켜서 멀리 보낼 수 없을까?

– 쉽지는 않을 거야. 너무 힘을 많이 쓰면.

라토의 당부는 벌써 몇백 번이나 들은 것이었다.

－알아, 알툰세가 폭발하겠지. 아직은 그래야 할 시점이 아닌데.

－너와 내가 힘을 합친다면 불가능한 일은 아닐 거다.

아리셀리스가 고개를 끄덕이자마자 두 형제는 몸에 더 많은 기운을 끌어모았다. 주위를 둘러싼 마법의 바람을 모두 빨아들이면서 공기가 격렬하게 요동쳤다. 그러나 마법의 바람을 느낄 수 없는 보통 사람에게는 뭔가 심상치 않은 일이 일어난다는 막연한 느낌만 전해졌다.

통제하는 힘이 강해지자 발광하던 카니세리움들이 멈칫거리다가 진정된 모습을 보였다.

－자, 그대로 가는 거다. 더는 날뛰지 말고.

몇 마리는 말을 알아듣는 것처럼 고개를 살짝 흔들었다.

－그래, 너희들이 가야 할 땅으로 돌아가거라. 전쟁에 이용되지 말고.

그 말에는 진심이 담겨 있었다. 그렇지 않고서야 아무리 강한 힘을 지니고 있어도 괴물조차 설득할 수 없었다.

－가라, 멀리 가.

라토와 아리셀리스의 열 손가락에서 흘러나오는 기운은 카니세리움들의 머리 쪽에 연결되어 있었다. 그 줄기는 마치 맥

박처럼 굵어졌다가 가늘어지기를 반복했다.

 – 어서 가거라.

한 마리가 먼저 돌아섰다. 그것을 신호로 한두 마리가 더 몸을 틀었다. 좋은 징조였지만 라토와 아리셀리스는 긴장을 풀 수 없었다. 지금 통제에서 풀려나면 괴물이 더 난폭해질 수 있었다.

마침내 열 마리가 모두 몸을 돌려 저 멀리 풀이 드문드문 솟아오르는 평원을 향했다. 이쪽에서는 커다란 엉덩이와 명성에 비해서는 다소 볼품이 없는 꼬리만 보였다. 라토와 아리셀리스는 조심스럽게 힘을 풀었다.

카니세리움들은 한번 인간의 전쟁에서 벗어난 이상 그 더럽고 보잘것없는 짓거리는 상종하기도 싫다는 듯이 경쾌하게 걷다가 곧이어 맹렬하게 달리기 시작했다. 그들은 영역 동물이었기에 같은 방향으로 두 마리가 함께 달리지 않고 수면에 반사되는 햇살처럼 사방으로 뻗어 나갔다. 살면서 다시 보기 어려운 장관이었지만 정작 임무를 마친 마법사 형제의 관심은 다른 쪽에 있었다.

대장장이 왕.

대장장이 왕이 어디에 있는지 찾기는 어렵지 않았다. 마치 모두가 그에게 경배하는 것처럼 그를 중심으로 동심원을 이

루고 있었다. 라토와 아리셀리스는 인파를 뚫고 나갈 자신도 없고 마음도 급해서 마법의 힘으로 펄쩍 뛰어오른 다음 그 옆에 착지했다.

그 충격으로 땅이 울렸건만 에이어리는 두 형제에게 서운할 만큼 관심이 없었다. 그는 루 도인의 장군이자 오셀롯의 부하인 무를 살리기 위해 애쓰는 중이었다. 에이어리는 의학에 대해서는 딱할 만큼 아는 것이 없었지만 그의 손에서 나온 신의 힘, 마법사 형제의 눈에만 보이는 기운으로 무의 영혼이 떠나려는 것을 억지로 막고 있었다. 그리고 어찌된 일인지 말도 안 되는 임기응변이 실제로 통했다.

— 대장장이 왕.

— 아리셀리스 님.

에이어리는 고개를 들고 친근하게 생각했던 사람의 변화를 목도했다. 그 위급한 상황에서 잠시 스치듯 본 것만으로 모든 것을 알 수 있었다. 그에게서 다른 사람이 겹쳐 보였다. 파장이 비슷한 것으로 보아 쌍둥이 형일 것이다.

그리고 그의 몸속에 들어 있는 알과 툰과 세도 선명하게 보였다. 그중 하나는 다른 것들보다 빛깔이 진했다. 툰과 세도 그 영향을 받아서 조금씩 몸이 물들어 가는 중이었지만 그래도 알과 같지는 않았다.

－이 친구를 살려야 합니다.

에이어리의 외침에 전장의 모든 사람이 숨죽여 동의를 표했다. 이유는 알 수 없지만 모두가 청년을 살리고 싶은 마음에 동의했다. 마법사 형제는 대장장이 왕이 뿜어내는 영향력을 느끼고 동의한 다음에 괜한 거부감을 느껴 그 기운을 얼른 밀어내려고 했다.

－루 도인이 아닙니까?

－그렇습니다.

아리셀리스의 몸속에 든 라토의 물음에는 한 가지 의도가 숨겨져 있었다. 이 전장에서 많은 루 도인이 죽었습니다. 어째서 그 루 도인이 특별합니까? 애초에 루 도인을 특별 대우할 이유가 어디 있습니까?

에이어리는 그것을 알면서 의도적으로 무시해 버렸다. 그의 신경은 무를 살리는 일에 집중되어 있었다.

－왜 그렇게 된 겁니까?

－그건 저도.

그러나 형제는 곧바로 알 수 있었다. 저 루 도인은 신의 힘에 너무 과하게 노출되었다. 루 도인이라는 존재는 본래 신의 힘과 마법의 힘을 적절히 조합해서 균형을 추구하도록 만들어진 생명체였다. 한 가지 힘을 강하게 받으면 그 정신과 육체가 붕괴하는 것은 놀랄 일이 아니었다.

라토와 아리셀리스는 에이어리가 막연히 짐작하고 있는 부분을 이미 확실히 알고 있었다. 세타세로부터 왕들에게만 대대로 전해진 지식이었다. 옛날 마법사 왕 세타세와 대장장이 왕이 서로의 기운을 조화롭게 사용해서 루 도인을 만들었다.

– 말해 주어야 할까?

– 그래야겠지?

남들이 보기에 혼자 문답하는 일을 마친 아리셀리스는 대장장이 왕에게 다가가서 그 옆에 무릎을 꿇었다. 에이어리는 손의 힘을 풀지 않은 채로 그를 바라보았다. 마법사는 대장장이 왕만 들을 수 있게 속삭였다.

– 루 도인은 그대가 모시는 신의 힘과 우리가 사용하는 마법의 힘으로 만들어진 생명체입니다. 이유는 모르겠지만 여기 누운 루 도인은 신의 힘을 너무 많이 받아서 균형을 잃었습니다. 게다가 대장장이 왕께서 계속 신의 힘으로 그 불균형을 더하고 계십니다.

그게 무슨 말입니까? 에이어리는 말할 기운조차 아끼고 싶어서 눈으로 추궁했다. 초대 대장장이 왕의 얼굴이 기억을 스치고 지나갔다. 그는 많은 것을 알려 주었지만 모든 것을 말하지는 않았다.

－이제 이 사람에게서 신의 힘을 거두면 그는 폭발해 버릴 겁니다. 그렇다고 힘을 계속 불어넣는 것은 더 큰 폭탄을 만드는 일입니다.

설명하는 사람은 당연히 라토였다. 알툰세부터 시작해서 폭발에 대한 불길한 예언을 전하는 일은 언제나 오롯이 라토의 몫이었다.

－신의 힘을 무한히 넣을 수는 없습니다. 그 육체가 견디지 못할 겁니다.

에이어리는 세상이 보기 싫어 아예 눈을 감아 버렸다. 이 모든 일을 어떻게 처리해야 하는지 감이 잡히지 않았다.

－모두 멀리 물러나게 하십시오.

－하지만.

－다른 방법이 있습니까?

에이어리의 목소리는 준엄했다. 아리셀리스는 마지못해 땅을 한 번 굴렀다. 세찬 바람 같은 것이 그를 중심으로 퍼져 나갔다. 대장장이 왕과 마법사 형제를 제외한 모두가 원 밖으로 밀려났다.

－이 근처로 오지 마십시오. 큰 폭발이 일어날 겁니다.

군중은 슬금슬금 뒤로 물러나기 시작했다. 단둘만 예외였는데 하나는 덩치가 어마어마하게 큰 사람이었고 하나는 몸이 길쭉했다.

　- 왕이시여.

　가르젠은 성큼성큼 다가서더니 에이어리의 어깨에 손을 얹었다. 익숙한 온기가 느껴졌다. 에이어리의 들뜬 마음은 순식간에 차분해졌다.

　- 그의 몸이 당장 폭발하는 것이 아니라면 생각할 시간이 있습니다. 대장장이 왕이 다루지 못할 만큼 큰 문제는 아닙니다.

　- 왕이시여.

　데스커드는 가르젠의 반대편으로 다가와 씩 웃었다. 참으로 오랜만에 만난 참이라 에이어리는 그 와중에도 미소를 지었다.

　- 저도 곁에서 뭐라도 돕겠습니다.

　- 둘 다 죽을 텐데?

　- 그러면 머리를 써서 얼른 살려 주세요. 어차피 사제의 목숨은 대장장이 왕에게 달린 것이니까요.

　- 가르젠은 사제이지만 넌 아니잖아?

　- 저도 어차피 사제가 될 거니까요. 가르젠 님이 돌아가시면 누가 가르젠이 되겠어요? 후보조차 저밖에 없어요.

　에이어리는 가르젠을 쳐다보았다. 가르젠은 심기가 불편해 보였지만 말을 보태기 싫어 잠자코 있었다.

　-이 사람, 옷이 꽉 조이는 것 같은데 숨쉬기 편하게 가슴 쪽을 열어 줄까요?

　데스커드는 마법사 형제를 보며 동의를 구했다. 그들은 고개를 끄덕였다.

　-도움이 되기는 할 겁니다. 지금 당장 폭발하지 않는 것도 저 루 도인의 강인한 체력 덕분이니까요.

　데스커드가 무의 앞섶을 열었다. 그와 동시에 무의 목과 가슴 쪽 피부가 드러났다. 데스커드는 단지 루 도인 청년을 편하게 해 주려고 한 행동이었다. 이것이 세계의 운명에 끼칠 영향은 전혀 예상할 수 없었다.

　그러나 공중에 떠서 이 모든 과정을 지켜보는 유령, 이름을 밝힐 수 없는 관찰자, 초대 대장장이 왕은 격한 신음을 내뱉었다. 마침내 이 순간이 왔다. 300년 전 관찰자가 되는 형벌을 받고 여러 대장장이 왕들이 신의 힘을 이어받은 끝에 가르젠이 에이어리를 만나던 날 시작된 새로운 실마리의 절정이 펼쳐질 참이었다.

　이제 마지막 관문이 시작된 것이다. 관찰자는 지난 기다림의 세월이 무색하게 조바심을 내었다.

　-어서, 어서.

외침이 저절로 나왔다. 에이어리는 힘을 불어넣느라 바빠서 처음에 곧바로 알아차리지 못했다.

－보거라. 알아차리거라. 너는 곧바로 알 수 있을 것이다.

관찰자는 들리지도 않는 응원을 거듭했다. 에이어리는 여전히 눈을 감고 있었다.

－네 눈앞에 답이 있다.

갑자기 듣지 말아야 할 목소리를 들은 사람처럼 에이어리가 눈을 번쩍 떴다. 그러고는 우연히 무의 목부터 가슴으로 이어지는 근육에 눈길이 쏠렸다. 에이어리에게는 우연이었지만 보이지 않는 관찰자에게는 필연적으로 이루어져야 할 역사의 갈래였다.

－이건.

에이어리는 그의 목과 가슴의 경계에서 커다란 점을 발견했다. 점이라기보다는 루 도인 땅에 사는 사람들이 흔히 새긴다는 문신처럼 보였다. 그 기묘한 모양은 달걀 같기도 하고 작은 사람의 신체 기관 중 하나의 그림자와 닮은 부분도 있었다.

－아.

에이어리는 설계도를 본 건축가처럼 그 의미를 순식간에 알아차렸다.

－데스커드.

데스커드는 한쪽 무릎을 꿇고 앉아 대답했다.

- 네.

- 지금 당장 신전까지 뛰어갔다가 돌아오면 며칠이 걸리지?

- 여긴 제국의 북동쪽이라 신전과 반대 방향이니까 말을 타고 달려도 열흘은 걸릴 거예요.

- 열흘을 버틸 수는 없겠지?

에이어리는 마법사 형제를 쳐다보았다. 그들은 고개를 저은 다음 물었다.

- 하루가 고작일 겁니다. 무슨 일이십니까?

- 저와 이 친구를 살릴 수 있는 물건이 신전에 있어요.

가르젠이 버럭 소리를 질렀다.

- 그 물건, 그 물건 말씀이시군요?

- 맞아요, 그거예요.

마법사 형제는 감을 잡을 수 없었으나 해야 할 말이 무엇인지는 알고 있었다.

- 그렇다면 우리가 가지고 오겠습니다. 하루면 충분합니다. 우리는 하늘을 날 수 있으니까요.

목소리는 라토 혼자의 것이었다. 아리셀리스는 마음으로 형에게 물었다. 괜찮겠어? 알툰세가 폭발할 수도 있어.

라토의 대답도 아리셸리스의 마음속에서 들렸다. 이와 같은 기회는 다시 오지 않을 거다. 나를 믿어라.

—대장장이 왕, 우리가 그 물건을 가지고 오겠습니다. 대신 나중에 우리가 곤란한 처지에 빠졌을 때 우리 부탁 하나만 들어주시겠습니까?

이 목소리도 라토 혼자서 내는 것이라 탁한 기운이 느껴졌다. 에이어리는 멍하니 마법사 형제의 얼굴, 더 정확히 말하면 아리셸리스의 얼굴을 보았다. 약간 일그러진 것을 보면 형제의 마음이 일치하지 않는다는 것을 알 수 있었다.

라토의 목소리가 지닌 기회주의적인 속성 때문에 가르젠과 데스커드를 비롯해 조금 멀찍이 떨어져 있던 루비 카르멘과 다이아몬드 울릭과 아베로에스와 수무르와 놋 왕을 비롯한 수많은 사람이 그의 얼굴을 보며 낯선 생물체를 보는 것 같은 가벼운 공포를 떠올렸다.

—물론이에요. 저 하늘에 대고 맹세합니다.

에이어리는 그의 의도를 느끼면서도 담담했다.

—대장장이 왕의 이름으로 약속을 받았습니다.

에이어리는 생명이 꺼져 가는 루 도인 청년과 마법사의 얼굴을 번갈아 보며 고개를 끄덕였다.

—무엇을 가지고 오면 됩니까?

다시 라토와 아리셀리스의 목소리가 섞여서 나왔다.

　— 신전에 가서 제가 대장장이 왕으로서 처음 만든 물건을 달라고 하십시오. 그 생김새는.

에이어리는 어렸을 적 만들어 놓고도 지금까지 그 용도를 몰랐던 물건의 외양을 자세히 설명해 주었다. 대장장이 왕의 능력과 지혜로도 그 물건을 분해하거나 용도를 정확히 알 수 없었던 것이다.

　— 이건 무슨 조절 장치 같네요. 콩팥하고 비슷하게 생겼어요. 설마 사람의 몸에 이런 게 필요할까요?

한때 오카브에게 그렇게 말한 기억이 났다. 언제 쓸모가 있을지 몰라 처음에는 언제나 휴대하던 물건이었다. 에이어리가 데스커드와 함께 몰래 신전을 빠져나갔다가 크룽흥다르흐를 만났을 때도 그 품속에 잘 간직하고 있었다.

그러나 어느 순간부터 신전에 두고 다니게 되었다. 크기는 작지만 속까지 전부 금속으로 만든 것이라 무게가 꽤 나갔다. 손목에 오카브의 유산까지 달고 다니는 에이어리에게는 꽤 성가신 물건이었다. 그래서 두고 나왔더니 당장 필요한 일이 생겨 에이어리의 나태함을 꾸짖는 양상이 되었다.

하루 안에 마법사 형제가 돌아와 그 물건을 다시 받는다고 해도 어떻게 사용해야 할지 전혀 감이 오지 않았다. 에이어리는 그저 이름도 붙일 수 없는 그 물건이 필요하다는 사실만 알았다. 그나마 무를 살릴 수 있는 유일한 수단이었다.

인사를 제대로 마칠 겨를도 없이 아리셀리스의 몸이 하늘로 솟아올랐다. 나머지 사람들은 대장장이 왕과 무의 얼굴을 번갈아 보다가 물러섰다. 끝까지 곁에 남은 사람은 가르젠과 데스커드뿐이었다.

대장장이 왕의 이름을 결정하는 책은

최초의 대장장이 왕이 만들었다.

신의 명령에 따른 것이었다고 전한다.

불과 몇십 쪽인 책 마지막 장에

에이어리의 이름이 있다.

정체를 알 수 없는 동그란 기계 장치를 만들면

이름을 에이어리로 정한다.

정체를 알 수 없는 거대한 건조물을 완성하면

이름을 말도르로 정한다.

그리고 뭔가를 더 적었다가

거칠게 지운 흔적이 남아 있다.

XIII

홀로 남은 모제스가
슈타이어의 세 용사 시절을 회상한다

아버지인 아크마트 대공은 폴로 공국의 지배자였으나 지금은 그곳을 떠나 있었다. 전쟁이 일어났고 황제에게는 조언자가 필요했다. 아크마트는 팔라스 황제가 가장 신뢰하는 사람이었다.

아들인 모제스는 아버지가 떠나면서 폴로 공국의 통치를 위임할 것을 내심 기대했었다. 물론 어려운 일이라는 것은 알았지만 혹시라도 그런 일이 일어나지 않을까 기대되는 마음은 어쩔 수 없었다. 그는 한때 작은 나라를 다스려 본 경험도 있었으니 스타인 전역이 혼돈에 빠졌던 시기에 갈색 마을이 가장 안전한 곳으로 남았던 것은 모두 그의 공이었다.

그러나 아버지는 자기 밑의 부하 중 하나에게 폴로 공국을 맡겼다. 처음부터 그렇게 될 확률이 높았기에 실망은 크지 않았다. 그래도 모제스는 아버지를 만났을 때 그 실망이 피부 거죽을 뚫고 나올까 봐 두려웠다. 그런 두려움이 아버지의 오해를 사서 야망을 억누르지 못하는 것처럼 보이는 것이 더 두려웠다.

아크마트는 온후한 성품과 무기와 같은 날카로움을 동시에 지닌 사람이었다. 부드러운 태도가 그를 더 두려운 존재로 보이게 했고, 칼 같은 단호함이 자애로움에 품위를 더하는 역할을 했다. 모제스 스스로 본인이 보통 사람 이상이라고 생각했지만 아버지 앞에서는 저절로 주눅이 들었다.

아크마트가 황제를 보필하기 위해 제국으로 떠날 때도 모제스는 그의 눈을 똑바로 바라볼 수 없었다.

- 너도 함께 가겠느냐?

즉각적인 제안은 따뜻하면서도 무거웠다. 모제스는 소심한 사람처럼 머리를 흔들며 고민하다가 대답했다.

- 아닙니다, 저는 여기 남겠습니다.

- 그래, 알겠다.

마차는 떠나가고 어머니의 질책이 남았다.

- 같이 가서 황제를 뵈었으면 좋지 않았겠니?

- 그건.

- 그건?

- 왠지 내키지 않습니다.

- 어째서?

―내키지 않는 일을 일일이 설명할 수는 없어요.

―설마 앞으로도 플리니 대공을 섬기겠다는 말은 아니겠지? 네 아버지와 그 사람은.

―최소한 이제 적은 아니죠. 제국과 스타인은 함께 싸우고 있으니까요. 플리니 대공도 전장에 가셨다고 하니까요.

모제스는 플리니 대공을 마음 깊이 존경하고 있었다. 처음 그의 밑에 들어가게 된 것은 긴 방황 끝에서 나온 우연이었지만 그가 평생 내린 결정 중에서 가장 올바른 것이었다고 생각했다.

―모제스, 그대와 같은 용사가 나를 섬기고, 나처럼 아무것도 이룬 것 없는 늙은이가 그대와 같은 용사들을 거느리고 대공을 자처하는 상황이 나는 우습네. 나는 책을 진열하고 읽고 저술하고 그 먼지를 들이마시면서 살다가 죽었어도 후회가 없었을 사람이야. 그게 나에게 맞는 역할인데 지금 무리한 일을 맡고 있어.

플리니의 그런 말들이 모제스는 듣기 좋았다. 자신을 높게 쳐 주어서가 아니라 말의 울림이 예외 없이 진실하게 마음에 와닿기 때문이었다.

슈타이어와 베르크만은 한때 까마귀 발톱 출신이었으나 플리니 대공 아래서 과거를 잊고 새 삶을 살려는 동지들이었다.

그들은 모제스에게 형제와도 같았다.

처음 형제와 같은 두 사람을 떠나게 되었을 때는 그만한 사정이 있었다. 모제스는 부상을 당한 상태라 나머지 둘을 보낼 수밖에 없었다. 그렇게 하지 않았으면 셋 모두 탈출에 실패했을 것이다.

둘을 보내고 혼자 오레스테스에게 잡힌 모제스는 폴로 공국으로 이송된 끝에 아버지를 만났다. 그의 아버지는 아크마트 대공이었다.

상처가 아무는 동안 가족의 정을 느끼며 꿈같은 세월을 보냈다. 그러나 막상 상처가 흉터가 되고 몸의 근육에 힘이 다시 돌아오자 폴로 공국에 갇힌 생활이 답답하게 느껴졌다. 슈타이어의 세 용사로 불리던 시절에는 삶이 쉬웠던 적이 없지만 이렇게 무료한 적도 없었다.

폴로 공국은 굳이 따지자면 제국에 속하는 곳이라 까마귀들이 물어다 주는 새로운 정보가 거의 매일 쌓였다. 모제스는 폴로 공국을 다스리는 사람의 아들이었으니 거기에 접근하기도 수월했다.

스타인에서 날아오는 정보에는 익숙한 이름이 자주 등장했다. 피에스. 그가 생각하는 피에스가 맞을 것이다. 그의 인생을 바꿔 놓은 사람이었다.

-모제스, 나를 도와주게.

어둠 속에서 병사들에게 두들겨 맞는 그를 구해 주었던 탓에 플리니 공국으로 도망치게 되고 슈타이어의 세 용사가 되었다. 결국 피에스가 그의 운명을 바꾼 은인, 혹은 원흉이었다.

듣자 하니 피에스는 옛 스타인 땅에서 많은 추종자를 거느리게 되었다. 어째서 사람들이 그런 인물을 따르는지 모제스는 이해할 수 없었다. 하지만 원래부터 사람들의 선택을 전부 이해할 수는 없었다.

피에스의 사람들은 레푸스를 도와 스타인을 다시 통일하자는 운동을 벌였다. 그 기세가 무서웠다. 다소 폭력적인 성격을 지니고 있어서 진압하자면 군대를 동원해야 했다. 군대가 배신할 것이 두려운 대공들은 망명을 선택했다.

피가두 대공은 사위인 레푸스에게 몸을 의탁했다. 그것이 어려운 르네 대공과 오레스테스 대공은 폴로 공국으로 와 있었다. 마침 피에스의 사람들이 봄부터 활동했으니 망정이지 겨울에 소요가 일어났다면 그들은 꼼짝없이 찢겨 죽었을 것이다.

옛 스타인의 가운데 땅은 그렇게 예상하지 못한 방식으로 통일이 이루어지는 중이었다. 예외는 북서쪽의 플리니 공국과 아크마트 대공의 폴로 공국이었다. 차별받던 산지 사람들은 피에스의 사람들에 참여하지 않았다. 그들은 애초에 하나의 스타인이라는 말을 경멸하는 사람들이었다.

아크마트가 다스리는 땅은 제국 정예군이 주둔하고 있으니 피에스의 사람들도 섣불리 나서지 않았다. 설령 이미 피에스의 사상이 침투했다고 쳐도 모두 낙엽 아래의 씨앗처럼 몸을 숨기는 중이었다.

– 피에스는 제국의 앞잡이입니다.

어느 날 모제스에게 그렇게 말해 준 사람이 있었다. 모제스가 놀란 기색을 숨기지 못하고 되물었다.

– 피에스가요?

– 그렇습니다.

– 그는 스타인이 하나가 되어야 한다고 외치는데요? 제국이 좋아할 말이 아니지 않습니까?

– 모든 것은 시기가 중요합니다. 피에스라는 자의 힘으로 스타인이 통일되면 제국도 다시 개입할 명분을 얻을 수 있습니다. 반란군을 진압한다는 목적으로요.

모제스는 피에스를 혐오했지만 그가 제국을 위해 일한다는 것은 믿을 수 없었다. 다만 제국이 피에스를 이용해서 다시 스타인에 개입할 수 있다는 말에는 진실이 담겨 있다고 생각했다. 제국이라면, 아버지 아크마트 대공이라면 그렇게 할 수 있었다.

물론 그 모든 일이 이제 모제스와 그의 어머니의 안위와는 상관이 없었다. 폴로 공국을 다시 스타인에 돌려준다고 하더라도 그와 어머니는 아크마트 대공을 따라 제국의 저택에서 생활하게 될 것이다. 그는 황제의 총애를 받을 것이고 제국 정예군의 일원이 되는 것도 어렵지 않을 것이다.

그러나 그것으로 좋은가? 마음에 남는 아쉬움이 없는가? 그 질문이 아직도 낫지 않은 것처럼 쿡쿡 쑤시며 존재감을 내세우는 흉터보다 그를 더 괴롭혔다.

- 저는 가야겠습니다.

선언을 들은 어머니는 놀라지 않았다. 모제스와 같은 사람을 낳으면 모두 그 정도는 짐작하게 되는 법이었다.

- 어디로?

- 루 도인입니다.

- 그래.

- 정말 가도 되나요?

- 넌 어른 아니니? 게다가 한때는 지도자이기도 했고.

갈 길이 멀었다. 스타인의 동쪽에 있는 폴로 공국부터 루 도인까지는 어림잡아도 5,000투름스 가까이 되었다. 황제의 길을 따라 맹렬하게 달려도 열흘 안에 닿기 쉽지 않은 거리였다.

　모제스에게 전쟁 따위는 아무래도 좋았다. 전장에 아버지가 없는 것도 이미 알고 있었다. 그는 다만 슈타이어와 베르크만을 만날 생각에 들떴다.

　그는 전쟁과 무관하게 평화로운 히드론의 초원 지대 사방에 점점이 흩어진 소들을 보았다. 이제 막 땅의 왕성한 생명력을 받아 솟아나는 풀을 주둥이로 건드리고 있었다. 전쟁터가 아닌 땅은 평화로웠다. 그러나 그 평화는 폴로 공국 안에서 느끼던 것과는 다른 점이 있었다.

　목동의 눈이 닿지 않는 한적한 곳에 들어섰을 때 팔을 벌리고 서서 앞길을 막는 사람이 있었다. 넝마를 입은 거지처럼 보였다.

　－잠깐.

　모제스는 노상강도일지도 모른다고 생각하면서도 말을 멈췄다. 상대도 모제스가 순순히 멈추자 머리를 움찔 떨며 놀란 것이 보였다.

　－도와주십시오.

　－어떻게 말입니까?

　－일단 물, 물이 어떻습니까?

　모제스는 안장에 매달린 물병을 집어 내밀었다. 가까이 와서 받아 가라는 신호였다. 그 경계 없는 태도에 당황한 강도가 쭈뼛거리며 다가왔다.

가까이서 보니 이제 막 열여섯 살이 넘어 성인이 된 사람처럼 보였다. 그가 물병을 받기 위해 앙상한 팔을 뻗었을 때 반쯤 투명한 피부와 그 안의 혈관이 보였다. 이번에는 모제스가 마음의 동요를 감추기 위해 눈 한쪽을 찡그리며 참았다.

— 고맙습니다.

물병을 받은 팔은 긴장 때문인지 수분 부족으로 인한 경련인지 부들부들 떨렸다. 모제스는 그의 정체를 알았다. 루 도인이었다. 스타인에서만 살았던 모제스로서는 태어나서 처음 보는 루 도인이었다.

청년은 물을 꿀꺽대며 마셨으나 병을 비우지는 않고 돌려주었다. 아직 목이 마르지만 예의를 차렸음을 알 수 있었다. 모제스는 병을 받지 않고 손을 뻗어 더 마시라는 뜻을 표시했다. 청년은 망설이다가 병을 끝까지 비웠다.

— 저는 모입니다.

이름을 밝힌 이유는 뒤이어 나왔다.

— 수상한 사람이 아닙니다.

가만히 생각해 보니 히드론에서 루 도인을 보는 것도 놀라운 일은 아니었다. 이 너른 땅은 카부스빌의 남쪽에 좌우로 넓게 펼쳐져 있었다. 까마귀들이 물어 온 정보가 맞는다면 젤레 즈니를 침략하던 루 도인 군대의 패잔병이 충분히 흘러들어 올 수 있는 위치였다.

　- 군대가 뿔뿔이 흩어졌습니까?

　모는 놀란 기색이었다가 금방 체념하는 모습이 되었다. 하 기는 주변 사람들이 그 기습에 대해서 알게 되었다고 해도 이 제는 이상할 것이 없었다.

　- 대장장이 왕은 무기를 빼앗고 우리를 보내 주셨습니다. 저는 중간에 탈출했습니다. 탈영병이라고 할 수 있지요.

　- 어째서요?

　묻는 모제스가 마치 그의 대장 같았다. 그는 실제로 이렇게 젊은 병사를 다루어 본 경험이 많아서 익숙했다. 모도 무의식 적으로 그 사실을 느끼고 복종하는 듯한 태도를 취했다.

　- 우리는, 루 도인은 악마가 아닙니다. 피에 굶주린 사람들 도 아니고요. 저는 전쟁에 참여하는 것을 바라지 않았습니다. 성인식이 끝나고 며칠이 지나기도 전에 끌려왔으니까요.

　갈색 마을의 자경단이었건 플리니 대공의 수하였건 모제스 의 삶은 대부분 군인으로 살아온 것이었다. 그래서 이 비겁한 도망자가 처음에는 탐탁하게 보이지 않고 조금 전에 준 물 한 병이 아까운 마음도 들었다. 그러나 처량한 모습을 계속 보다

보니 그 처지가 이해되지 않는 것도 아니었다.

─내 이름은 모제스입니다. 한때 플리니 대공을 섬겼고 지금은 폴로 공국에 몸을 의탁하고 있습니다. 마침 루 도인으로 가는 중입니다. 그대가 원한다면 동행하지요.

모는 망설였다.

─괜찮습니다. 제국은 루 도인과 싸우고 있지만 나는 그대가 적이라고 생각하지 않습니다. 어차피 고향으로 돌아가야 하는 게 아닙니까?

히드론은 물과 식물이 널려 있어 바보도 굶어 죽거나 목말라 죽을 일이 없는 땅이었다. 이곳에서 물도 못 찾고 길을 헤맨 것을 보면 그 혼자서 집에 돌아가는 것은 어림도 없는 일이었다. 아니면 그는 집으로 가는 것이 지혜로운 일인지 고민하는 중일 수도 있었다.

─저는, 저는 말이 없습니다.

─가까운 마을까지만 걸으면 됩니다. 제국에 말이 부족할 일은 없습니다.

─말은 비싸지 않습니까?

─내가 부자라서요.

거짓말은 아니었다. 그러나 모제스는 가까운 마을에서 말을 사는 게 아니라 행정관을 찾아가서 말 한 마리를 빌릴 생각

243

이었다. 어떤 행정관도 아크마트 대공의 아들에게 여행의 편의를 제공하는 일을 거부하고 싶지 않을 것이다.

모제스는 허리에 묶어 둔 길게 늘어지는 겉옷을 벗어 모에게 건넸다. 아침저녁으로 쌀쌀해지는 날씨를 대비해 가져온 것이었다.

─이걸로 온몸을 감싸십시오. 루 도인은 지금 이 땅에서 환영받지 못합니다.

모제스는 자기가 한 말이 스스로 우스웠다. 지금이라니. 언제는 루 도인이 이 땅에서 환영받았던가.

루 도인들은 오셀롯을 도와 제국을 탈환하면 그들이 고귀한 귀족처럼 대우받는 세상을 꿈꾸고 있었다. 그것이 전쟁에 참여한 이유였다. 그러나 루 도인에 대한 차별을 기억하는 사람들이 모두 죽고 난 다음에도 요원한 일이었다.

모제스가 잘못 짐작한 일이 두어 가지 있었다. 첫 번째는 행정관의 태도였는데 아크마트 대공의 아들이 지나가다 들렀다는 말을 듣고 뛰쳐나올 때부터 그 태도가 심상하지 않았다. 그는 모제스가 죽으라고 명령해도 얼굴빛 하나 바꾸지 않고 그 명령을 실행할 것처럼 굴었다. 아들이 아버지의 땅에서 살고 싶은 마음은 지나친 환대를 겪고 오히려 더 줄어들었다.

두 번째 잘못도 금방 드러났다. 행정관이 모제스의 옆에 있는 청년을 유심히 살피다가 경계심을 담아 외쳤다.

-루 도인.

모가 어깨를 움츠리며 도망치려는 것을 모제스가 저지했
다.

-그렇습니다.

-어째서 루 도인과 함께하십니까?

-포로입니다.

-그렇다면 저희가 신병을 인도받겠습니다.

-몇 가지 이유가 있어서 아버지께 직접 보여 드릴 생각입
니다.

-그러시다면야.

행정관의 얼굴에는 아직도 찝찝한 기운이 가시지 않았다.
모제스는 내키지 않았지만 그런 사람에게 말을 한 마리 더 달
라고 요청했다.

-저자를 태우려고 하십니까?

-그렇습니다.

-포로라면 줄로 묶어 안장에 매단 다음 짐승처럼 끌고 가
는 것이 좋지 않습니까?

친절한 사람의 잔인함은 모제스를 몸서리치게 했다.

-시간이 촉박합니다. 그런 장난은 여유로운 사람들이나 하

겠죠. 좋은 말로 주십시오. 쉽게 지치는 녀석은 곤란합니다.

모는 입을 다물고 있었다. 눈치가 둔한 사람은 아니라 모제스가 자기를 보호하려는 것을 모르지는 않았다.

— 저녁을 드시고 내일 아침 출발하시는 게 어떻습니까?

행정관이 간곡히 권했다. 모제스는 모를 힐끗 본 다음 정중히 거절했다.

— 정말로 길이 급합니다. 여행을 위한 식량이나 물을 좀 챙겨 주십시오.

하룻밤을 머문다면 모제스는 극진한 대우를 받겠지만 모는 인간 이하의 취급을 당할 것이다. 포로라는 명분을 댄 이상 그것을 막을 방법이 없었다.

— 그렇게 하겠습니다.

두 사람은 해가 질 무렵 마을을 떠났다. 행정관이 배웅하겠다는 것을 거절하는 것이 수고스러웠다. 아버지에게 그의 이름을 잘 전달하겠다는 뜻을 전하는 것으로 그럭저럭 만류할 수 있었다.

— 이 은혜를 잊지 않겠습니다.

말에 탄 자세가 영 어설픈 모가 떨어지지 않으려고 근육에 잔뜩 힘을 준 상태로 말했다. 모제스는 이런 일이 쑥스러워 한마디 겨우 내뱉었다.

- 나는 제국 사람이 아니니까.

그건 사실이었다.

◆

제국 사람들에게 히드론은 이상향과 같다.

그들의 노래에서 히드론은

여생을 보내고 싶은 유일한 땅,

만물의 생성과 소멸이 이루어지고

푸름의 광채에 눈이 멀어도 아쉽지 않은 곳이다.

히드론을 찬양하면서도

정작 히드론에 별장을 짓거나

거주하는 사람은 지극히 적다.

그러니 이 아름다운 곳을

소와 양과 목동의 땅이라고 불러도

반박하기가 어렵다.

◆

XIV

황제의 팔에 까마귀가 날아들었다가

실망하고 곧 떠나 버린다

제국의 위대한 사람 팔라스 펠리스, 곧 황제는 어린 시절부터 오셀롯과 사이가 좋지 않았다. 어른이 된 그의 모습에서 짐작할 수 있는 것처럼 음침하고 야비한 아이라 도무지 가까이 두기 어려웠다. 오셀롯도 팔라스를 꺼리기는 마찬가지였다. 오셀롯이 팔라스를 평가한 말이 사람들의 입을 돌고 돌아 팔라스에게 전해졌다.

  -그놈은 위선자야. 마치 자기가 황태자인 것처럼 행동하지.

  팔라스는 대응하지 않았다. 그는 황제의 조카로 태어난 사람이 취할 행동거지에 대해 확고한 주관이 있었다. 일부러 적을 만들지 말아야 한다.

  오셀롯과 관계를 개선할 자신은 없었다. 그러나 둘의 적대관계가 사람들이 다 알 만한 것이 되면 좋지 않았다. 그저 가만히 꾹 참고 못 들은 척 버텨야 했다.

어차피 오셀롯이 황제가 될 가능성은 높지 않았다. 팔라스나 오셀롯이나 계승 서열은 엇비슷했다. 둘 중 하나가 황제가 되려면 열 명이 넘는 후보를 제쳐야 하니 꿈에서도 이루기 어려운 일이었다.

그런데 오셀롯이 황제가 되는 날이 농담처럼 찾아왔다. 암투와 뇌물과 한낮의 살인과 사병을 동원한 작은 전쟁이 바탕이 된 일이었다. 팔라스는 그 소식을 듣고도 동요하기를 거부했다. 짐을 챙겨서 스타인으로 달려가는 일도 없었다.

- 어째서 떠나지 않으십니까?

그런 질문을 받으면 웃으며 답했다.

- 내가 도망치면 켕기는 것이 있다는 뜻이 되지. 그러면 황제가 반역자에게 흔히 그러하듯이 까마귀를 보낼 수 있어.

팔라스가 살아남은 것은 오셀롯보다 계승 서열이 한 단계 낮은 덕분이었다. 황제가 된 오셀롯은 정말 팔라스를 건드리지 않고 그대로 두었다. 실은 진작 죽이고 싶었지만 까마귀들의 수장이 만류했다.

- 팔라스는 신망이 두텁습니다. 그를 죽이면 관망하던 자들이 모두 돌아설 것입니다. 차라리 살려 두는 편이 낫습니다. 그는 적극적으로 황제에게 반대할 성격이 아닙니다.

당시 작은 까마귀 발톱 1소대장으로 있었다. 그는 나중에 자기의 대장이 황제에게 한 말을 듣고 조심스럽게 반대했다. 작은 당시 자기의 상관을 진심으로 존경했다.

- 팔라스는 위험한 인물입니다. 차라리 죽이고 고생을 뒤집어쓰는 일이 낫습니다. 그만 죽이면 황제의 자리는 영원히 안전할 겁니다.

결국은 작의 추측이 맞아떨어졌다. 팔라스는 주변의 추대를 받아 자기 손에 피 한 방울 묻히지 않고 황제의 자리를 빼앗았다. 그때는 작이 까마귀들의 수장이었으나 그는 이 사태에 개입하지 않았다.

- 우리는 황제에게 충성할 뿐 충성할 대상을 직접 선택하지는 않네.

작은 불만을 말하는 부하들을 달래면서 자기도 젊은 시절 항의하는 부하였던 것을 기억했다. 그러나 작의 선택이 전적으로 까마귀들의 원칙을 따른 것은 아니었다. 무엇보다 그가 루 도인인 것은 모습을 숨겼어도 영원히 변하지 않는 사실이라 제국 사람들의 여러 가지 규칙을 겉으로는 인정했지만 속으로는 경멸했다.

작의 결정은 새 황제 팔라스 펠리스의 의중을 전하는 사람이 찾아온 것에 영향을 받았다. 새 황제의 뜻은 명확했다.

- 작 님, 새로 자리에 오르신 황제께서는 까마귀들의 수장

이야말로 이 나라의 보이지 않는 기둥이라는 사실을 모르는 분이 아닙니다. 그분은 작 님의 모든 지위와 권한을 조금도 건드리지 않으실 것입니다. 그분이 가장 원하는 것은 작 님과 같은 뛰어난 신하들이 곁에서 보필하는 가운데 통치가 이루어지는 일입니다.

작이 그런 제안을 거절하면서까지 오셀롯에 대한 충성을 유지할 필요는 없었다. 평판대로 팔라스는 포용력이 큰 사람이었다. 까마귀들은 새 황제에게 충성을 맹약했다.

물론 그렇다고 해서 작이 순순히 팔라스의 수족처럼 행동한 것은 아니었다. 그는 전임 황제인 오셀롯이 라톤 섬에서 탈출하는 것을 돕기도 했고 루 도인 출신인 수를 경호원으로 붙여 주기도 했다. 오셀롯이 에젠 땅까지 무사히 도망쳐서 반란군의 지도자가 된 것은 작 덕분이었다.

팔라스 황제는 까마귀가 없어도 그 정도는 능히 알 수 있는 인물이었다. 그러나 그는 작을 소환해서 책망하거나 하는 일이 없었다. 사람을 꿰뚫듯 평가하는 작에게도 이해가 가지 않는 일이었다.

그랬던 황제가 겨울이 끝나고 전쟁이 한창인 이 순간 그를 궁전으로 부른 것은 이상한 일이었다. 궁전으로 향하는 거리를 가로지르면서 작이 본 것은 날씨처럼 활기를 띤 시장과 사람들의 모습이었다. 그들에게 닿기에 전쟁의 그림자가 너무 짧은 모양이었다. 성벽 바깥에서는 유랑민들이 시위를 벌이고, 저 멀리 제국군이 반란군과 대치하고 있으며, 나머지 동맹이 놋과 루 도인의 연합군과 맞서는 이 상황에도 제국은 작년과 다름없었다.

이제 제국 사람이 된 작은 이런 제국의 모습이 역겹게만 느껴졌다. 원하지 않아도 감각으로 들어오는 아이의 웃음이나 연인이 주고받는 눈길이 전부 가식적으로만 보였다. 그렇다면 창문을 막은 마차로 가면 될 것을 그는 굳이 걷기를 고집했다.

까마귀들의 수장은 사람들 사이를 거닐어야 했다. 작은 골방에 갇혀 부하들의 보고를 듣고 모든 것을 머릿속 상상으로만 파악하게 되면 현실과의 괴리가 일어났다. 그는 거리를 걸으며 발바닥의 감촉을 잊지 말아야 했다.

지나는 사람 중 신분이 높은 사람은 작을 보자마자 흠칫 놀라거나 거절당할 것을 각오한 가벼운 인사를 건넸다. 체구가 작고 온몸을 검은 천으로 휘감은 이 사람을 모르려고 해도 모를 수가 없었다. 그러나 신분이 낮은 사람들은 그를 옷차림만큼이나 괴팍한 사람 정도로 생각하고 무심히 지나갔다. 작은 차라리 이쪽이 더 마음에 들었다.

오셀롯이 황제였던 시절에는 궁전에 들어가는 일이 더 자유로웠다. 급하게 보고할 일만 있다면 황제의 침실에 드나드는 것도 용인되었다. 지금은 그렇지 않았다. 황제는 까마귀들의 수장을 다스릴지언정 그에게 자기의 수염을 깎아 달라고 면도칼을 쥐어 주지는 않는 사람이었다.

작은 황제의 집무실 대신 아담한 정원으로 안내를 받았다. 오셀롯 황제가 특히 아끼던 공간이었다. 그는 아침마다 거기 앉아서 막 떠오른 햇볕에 몸을 녹이며 기름지게 요리한 소 혀 요리를 먹었었다.

지금도 기원을 알 수 없는 갖가지 꽃을 심어 놓고 괴상하게 생긴 바위와 가지가 단정하게 뻗은 나무를 배치해 그림처럼 아름다운 공간인 것은 여전했으나 꽃들은 아직 환하게 피기 이르다는 것을 알고 작게 봉오리만 맺어 두었다. 작에게는 그것도 오셀롯 시대와 비교해 팔라스 시대가 쇠락한다는 증거처럼 보였다. 마치 오셀롯이 다스리던 시절에는 그 정원에서 사계절 내내 꽃이 피어나기라도 했던 것처럼 마음이 주인을 속였다.

황제는 눈을 들어 작을 보고 말없이 자리를 권했다. 작은 황제의 맞은편에 앉았다. 보통 신하라면 결례가 되는 일이었으나 애초에 남은 의자가 하나였고 황제와 마주 보는 자리에 놓여 있었다.

－그대는.

황제는 맑은국이 담긴 그릇을 내려다보며 말했다. 그 안을 들여다보면 자기 얼굴이 비치기라도 하는 것처럼 눈을 떼지 않았다.

－대단한 사람이야.

칭찬이라기보다는 사실을 담담히 이야기한다는 말투였다.

－어째서 그렇습니까?

보통 신하라면 입을 다물고 이어질 말을 기다렸겠지만 까마귀들의 수장은 거침이 없었다. 황제가 나에게 무엇을 하겠는가?

－그대가 원한다면.

황제가 입맛을 다셨다.

－오셀롯을 위해 나를 죽였겠지. 그러나 나는 아직도 이렇게 멀쩡히 숨 쉬지 않는가?

작은 드물게 소리를 내어 웃었다.

－그런 일은 있을 수 없습니다. 까마귀는 황제를 위해 봉사합니다. 황제를 공격하는 까마귀는 주위의 다른 까마귀들이 쪼아 죽일 것입니다.

－그런가?

─그렇지요.

─그렇다면, 아니지. 일단 뭘 좀 먹게.

작은 차 한 잔을 주문했다. 그는 팔라스 앞에서 과자 한 개라도 먹어 본 일이 없었다.

─이 정원은 황제가 머물기에는 너무 소박하네.

─그렇습니다.

─그래서 모든 황제가 이 정원을 사랑했지. 황제는 커다란 것에 합당할 뿐이지 커다란 것을 좋아하는 게 아니야. 그런 것들은 사람의 눈과 영혼을 쉽게 피곤하게 해.

─그렇습니다.

─이 정원을 만드신 분은 첫 황제이신데 그분이 처음 만들었을 때는 지금보다도 더 소박했다는군. 들판의 보잘것없는 풀과 나무들을 심어 자기가 살던 땅을 재현하려고 하신 거야. 마음이 지칠 때는 여기 앉아서 젊은 날을 회상하셨겠지.

마침 차가 나와서 작은 한 모금 마셨다. 차를 가져온 사람은 품위를 잃지 않는 한에서 급하게 모습을 감추었다.

─그러나 그 후손들은 황제의 혈통으로 태어나 어려서부터 호화롭게 자랐으니 그 소박함을 천한 것으로 여겼겠지. 그래서 이 공간도 그런 사람들의 취향에 맞게 변한 거야. 저기 저 꽃을 보게.

작은 황제의 손가락을 따라 고개를 돌렸다.

─저건 이 너른 제국 땅 어디에서도 자라지 않는 물건이야. 바다를 통해 수입한 씨앗을 심은 거지.

아직 꽃을 피우기 이른 시기였지만 작도 예전에 활짝 핀 모습을 본 기억이 났다. 초여름이 오면 밝은 주황색 꽃잎 안쪽에는 검은 점이 무늬처럼 찍히고 꽃잎들이 모이는 가운데에 노란 대가 여럿 솟아날 것이다. 박물학자들은 암술이나 수술 같은 것을 구분해 내겠지만 작에게는 거추장스러운 장식처럼 보였다.

황제의 손은 검은 바탕에 흰색이 물결치는 바위로 옮겨 갔다.

─저건 또 어떤가? 바닷가에 파도가 부딪치는 모양을 닮았다고 여기 가져다 놓았지. 그러나 실제 파도가 치는 풍경이 주는 감동에 비하면 조잡한 재현에 불과해.

황제가 곧바로 본론을 꺼내지 않을 줄 알았지만 대체 무슨 말을 하려는 건지 작으로서는 감을 잡을 수 없었다. 하기는 그의 사촌 오셀롯도 뜬금없는 말로 사람들을 애타게 하던 버릇이 있었다. 그들은 사람들이 자기 말을 경청하는 이유가 권력에서 나온다는 간단한 사실을 잊고 스스로 재치 있는 사람으로 오해했다.

이후로도 황제는 두세 가지 하찮은 주제를 더 꺼냈다. 작은 내용을 듣는 둥 마는 둥 가끔 차를 홀짝일 따름이었다. 이제는 황제가 주저한다는 것을 알 수 있었다. 그가 하려는 이야기는 자신감이 넘치는 사람이라도 확신을 얻고 담대하게 말하기 어려운 종류였다.

-작.

황제가 그렇게 부른 것은 처음이라 작도 당황했다.

-이 전쟁은 끝나야 하네.

-그렇지요.

실은 별 상관이 없었지만 일단 그렇게 대답했다.

-그렇다면 방법은 하나뿐이야. 나와 오셀롯 중 하나가 죽어야 하지. 그러면 모두가 남은 쪽에 붙을 거야.

-그렇습니다.

-그러나 우리를 죽일 수 있는 사람은 많지 않아. 둘 다 자유롭게 죽일 수 있는 사람은 몇 명 떠오르지 않아. 그중 나와 가장 가까운 사람은.

아, 드디어 감이 잡히기 시작했다.

-그대야.

이국의 꽃과 조잡한 무늬를 자랑하는 바위를 가리키던 손가락이, 사람의 생살여탈을 관장하는 그 거룩한 손이 까마귀들의 수장 앞에서 멈췄다. 작은 권력자의 손가락이 가린 시야를 아랑곳하지 않고 태연하게 물었다.

-아직 바실 장군이 잘 버티고 있지 않습니까?

-그는 훌륭한 장군이지. 그러나 그라스를 이기지는 못할 거야. 지지 않고 버틸 수는 있네. 그래도 이기는 것은 무리이고 전쟁은 끝나지 않아.

조금 전의 극적인 순간이 무색하듯 둘의 대화는 무미건조해졌다.

-그리고 바실이 설령 이긴다고 해도 제국 정예군의 태반이 새와 짐승의 먹이가 된 다음이겠지. 고귀한 사람 하나의 피를 아끼겠다고 수천의 피를 흘리고 싶지 않아. 그러니까 고르게.

작은 대답하지 않았다.

-지금 여기서 나를 죽이고 나가거나 그냥 나가서 오셀롯을 죽이게. 황제의 권한으로 다른 선택은 주지 않을 테니까.

황제는 평온했고 그의 말은 진심이었다. 작은 그걸 의심하지는 않았다. 지금까지 작이 두 황제 사이에서 특별한 행동을 취하지 않고 관망했지만 선택을 강요받는다면 분명 지금 제국을 다스리는 황제를 따를 것이다. 황제는 도박을 싫어했다.

-그 말씀을 하려고 부르셨군요.

- 그렇게 되었네.

작에게는 당장 무기가 없었다. 그러나 그는 까마귀 발톱으로도 잔뼈가 굵은 사람이고 까마귀들의 수장이기도 했으니 맨손으로도 황제를 죽이는 일은 간단했다. 대상을 눈앞에 두고 머릿속으로 그의 목을 조르는 상상을 하니 죄책감과 쾌락이 섞여 묘한 기쁨이 피어났다.

- 까마귀는 황제를 섬깁니다.

작은 일어나며 황제도 뻔히 아는 사실을 덧붙였다.

- 그것이 까마귀의 존재 목적입니다.

- 그런가?

황제의 되물음은 그 공허한 구호가 실제로 지켜지는지 추궁하는 것 같았다. 작은 고개를 숙이고 나왔다.

황제는 검은 옷을 두른 사람이 눈에 보이지 않게 되자 한탄을 숨기지 못했다.

- 작, 작, 작. 내가 그대를 어떻게 처리해야 하는가?

공교로운 일이었다. 두 사촌은 펠리스를 대표하는 사람들답게 생각하는 것도 비슷했다. 사흘 전 오셀롯이 비밀리에 전한 편지에도 비슷한 내용이 쓰여 있었다.

황제를 죽여 주게. 내가 다시 권력을 잡으면 그동안 나에게 무심했던 것은 모두 용서하겠네. 제국은 팔라스만 없으면 다시 내 차지가 될 거야. 그대의 공헌 없이 그 자리로 돌아가게 되기를 바라지 않네.

작은 알았다. 오셀롯은 용서를 모른다. 그는 다만 기억하고 계산하고 결산을 뒤로 미룰 뿐이다.

두 사람이 황제 자리를 놓고 싸우는 것이 문제의 원인은 아니다. 작은 냉철하게 상황을 파악했다. 모든 잘못은 나 자신에게 있다. 내가 나이를 먹어 열정을 잃은 것이 원인이다.

이 어리석은 싸움의 원인을 제공해 놓고도 한쪽 편을 드는 것을 덧없게 느껴 내버려 두었다. 어리석은 자들은 일을 벌여 놓고 나중에 수습하는 것은 맡기기 편한 사람에게 떠넘긴다. 결국에는 이렇게 될 줄 알았다.

이제 어리석은 자들도 그를 관망하는 자리에 가만히 모셔 두기를 거부한다. 그러니 어찌하겠는가? 살면서 선택이 어려웠던 적은 없었고 해야 할 일이 무엇인지 언제나 잘 알고 있었다. 입술이 갈라진 소녀에게 복숭아를 건네 동족으로부터 쫓겨났을 때부터 그랬다.

아직 봄인데 매끈한 두피에서 땀이 후끈 솟았다. 작은 두건

속으로 손가락을 넣어 축축한 기운을 닦아 내었다. 머리카락이 빠지는 것은 약의 부작용이었다. 지금이라도 약을 끊는다면 다시 머리카락이 나겠지만 대신 제국에서 경멸받는 존재가 될 것이다.

루 도인.

황제조차도 모르는 비밀이었다. 대장장이 왕만 아니었다면 평생 아무도 모를 비밀이었다. 그렇다, 그놈이었다. 대장장이 왕을 만난 이후로 삶의 정돈된 부분들마저 흐트러지게 된 것이다.

작은 분노를 삭이기 위해 시내를 한 바퀴 돈 다음 자기의 보금자리로 돌아와 가만히 계획을 짰다. 한쪽 편을 들지 않고 두 사람이 원하는 바를 모두 들어줄 것이다.

작은 과거와 현재를 지배하는 두 황제를 모두 죽일 작정이었다. 만약 까마귀의 집요한 부리와 발톱을 피해서 살아남는 자가 있다면 그야말로 황제가 되기에 적합하다는 의미가 아닐까?

급사한 황제에게는 항상 음모론이 따라다닌다.

까마귀는 언제나 암살의 배후로 지목된다.

까마귀는 부정도 긍정도 하지 않는다.

막연한 의심과 공포가 남아

사람들이 까마귀를 우러르게 한다.

XV

하늘을 통과한 라토와 아리셀리스가
대장장이 신의 신전에서 물건을 받는다

에이어리는 무에게서 한시도 손을 거둘 수가 없었다. 그렇게 힘을 불어넣으면 폭발이 더 커진다는 것을 알았다. 그러나 이미 늦었다. 이제는 작은 희망을 믿고 파멸로 한 걸음 더 들어서야 생명으로 이어지는 작은 통로를 겨우 볼 수 있었다.

만약 이런 일이 일어날 줄 알았다면 처음부터 무를 구했을까? 당연히 아니다. 에이어리는 루 도인 한 사람의 목숨을 구하기 위해 자기 목숨을 버릴 생각이 없었다. 대장장이 왕은 남을 위해 목숨을 버릴 만큼 이타적인 사람이 아니었다.

데스커드와 가르젠은 에이어리의 곁을 지키며 가끔 그의 얼굴을 닦아 주고 음식을 먹였다. 에이어리는 반쯤 졸면서도 의무를 게을리하지 않았다. 그랬다가는 자기가 가장 아끼는 사람들도 죽음으로 몰아넣게 되었다.

전날까지 치열하게 전쟁을 벌였던 이들은 새로 일어난 일을 민망하게 여겼다.

놋 왕은 가장 화려하게 장식된 전차를 타고 병력을 거두어 슬금슬금 자기 나라로 돌아갔다. 그는 생각보다 전쟁이 재미가 없다는 사실을 발견했다. 소설 속의 살쾡이를 따라 모험에 동참하는 편이 차라리 나았다. 피부의 괴물 뱀 무늬가 너무 작아서 용기가 부족한 탓이라는 자책이 찜찜하게 남는 귀향이었다.

플리니 대공과 수무르가 이끄는 스타인 연합군은 양해를 구하고 남쪽으로 방향을 틀었다. 그들은 바실 장군이 이끄는 제국 정예군에 합류할 예정이었다. 슈타이어와 베르크만은 자기들의 영원한 동지가 오는 줄 모르는 탓에 망설임 없이 새 전장으로 떠날 수 있었다.

대족장 아베로에스는 고향에 남았다. 그는 루 도인의 본거지 곁에서 선제적으로 방어하는 역할을 담당할 예정이었다. 루비 카르멘과 갈 곳 없는 마법사들도 아직 그 땅에 있었다.

카르멘은 가끔 예상 폭발 반경 안쪽으로 와서 대장장이 왕의 안부를 살폈다.

– 괜찮으신 거죠?

– 위급하면 소리를 지르겠습니다. 저 멀리 도망가실 때까지는 터지지 않을 거예요. 대신 그 망토는 좀 타겠지만요.

루비 가문의 수장은 대장장이 왕이 농담하는 것을 들으면 안심하고 돌아갔다. 아직 여력이 있다는 뜻이었다.

그러나 실제로 에이어리의 상황은 점점 악화되었다. 체력이 떨어지는 탓에 힘의 줄기가 약해질 때도 있고 깜박 잠이 들어 완전히 끊길 때도 있었다. 데스커드와 가르젠은 그 힘을 볼 수 없었으나 무의 몸이 부르르 떨리며 폭발을 예고하면 흐름이 끊겨졌음을 알았다.

탁탁 소리를 내며 타오르는 불꽃을 바라보던 에이어리는 온기와 함께 의식이 희미해졌다. 이대로 폭발하면 고통 없이 편안한 안식을 맞이하겠지. 그것도 나쁘지는 않다. 정녕 나쁘지는 않아.

그때 어깨에 닿는 낯선 감각이 에이어리를 깨웠다. 데스커드가 이유 없이 왕의 몸을 건드린 것은 처음이었다.

- 데스커드.

- 왕이시여, 저는 여기서 죽을 수 없어요.

- 왜?

- 투란이 아직 저를 완전히 용서하지 않았어요. 그리고 나중에 그 아이하고 결혼도 하고 자식도 낳아야죠.

잠기운이 땅으로 쑥 꺼졌다. 하마터면 몸도 함께 딸려 가서 바닥에 고꾸라질 뻔했다.

- 뭐라고?

-말씀드린 대로예요.

-왜 지금 그런 얘기를 하는 거지?

-어쩌면 우리 둘 다 죽을지도 모르니까요. 그전에 아무에게도 말하지 못하고 죽으면 너무 억울해요. 그리고 이렇게 충격적인 말씀을 드리지 않으면 깨우기가 어렵다 싶어서요.

-충격받지는 않았어. 알고 있었으니까.

-정말요?

-이런, 데스커드. 모두가 알고 있어. 일곱 사제는 물론이고 오카브 스승님도 아시지. 아마 투란도 모르지는 않을 거야. 그 아이는 너처럼 둔하지 않아.

-어떻게 알았을까요? 제가 잠꼬대라도 한 걸까요?

-넌 속마음을 잘 숨기지 못해, 데스커드. 그건 장점이라고 생각하지만.

-단점이죠.

-협잡을 일삼는 삶을 살아야 한다면 그렇지. 대신 남에게 신뢰를 주고 서로 도와야 하는 상황에서는 그보다 좋은 것이 없어.

-그렇군요.

-넌 원하면 죽음을 피할 수 있어.

-대장장이 왕의 경호원은 혼자서 살 방법을 찾아서는 안

되죠. 그리고 가르젠 님도 가지 않으시는데 제가 어떻게 혼자 가겠어요?

가르젠은 열 걸음 떨어진 곳에 앉아 꾸벅꾸벅 졸다가 이제는 아예 땅에 등을 붙이고 잠들어 있었다. 에이어리가 실수해서 생명이 날아갈지도 모른다는 걱정은 아예 하지 않는 듯했다.

- 만약 여기서 살아남는다면 투란에게 고백해.

- 대장장이 왕으로서 명령하시는 건가요?

- 그건 아니야.

- 그렇다면 기회를 좀 더 살펴겠어요.

투란은 대장장이 왕과 그 경호원이 멀리서 자기 얘기를 하는 줄 몰랐다. 그리고 그런 상상을 할 틈도 없었다. 하늘에서 별 같은 것이 떨어지는 바람에 신전 경내는 소란스러웠다. 루도인 군대가 다시 공격해 온 줄 알고 모두 법석이었다.

먼지를 뚫고 망토를 젖히며 나타난 사람을 보고 가까이 있던 투란이 탄성을 질렀다. 그러나 고뇌하던 젊은 마법사가 풍기는 분위기는 이전에 만났을 때와 아주 달랐다. 단순히 흙먼지를 뒤집어쓰고 지친 기색이 완연해서는 아니었다.

- 투란 님.

목소리를 듣자 의심은 확신으로 성장했다. 저 기괴한 목소리는 뭐지? 마치 두 사람이 함께 말하는 듯했다. 시장에서 재주로 돈을 벌어 먹고사는 사람도 흉내 내기 어려울 만큼 정교하게 딱 맞아떨어졌다.

- 아리셀리스 님?

- 일부는 그렇습니다.

라토와 아리셀리스는 마법의 힘으로 사람과 말이 하루에 갈 수 없는 거리를 주파한 참이라 말할 수 없이 지쳐 있었다. 그 와중에도 마법의 힘으로만 구성된 세 덩어리, 알툰세를 제어해야 했다. 그들은 언제든 세상으로 뛰쳐나갈 준비가 되어 있었는데 그때 나오는 에너지는 주위의 생명체를 모두 태울 만큼 거대했다.

- 무슨 일입니까?

멀리서 달려온 사제장 탈와르의 눈에서 달아나지 못한 졸음이 느껴졌다.

- 저에게 주십시오.

다급하게 나온 말은 구성 요소가 불완전했다.

- 무엇을 말입니까?

- 대장장이 왕이 필요하다고 하셨습니다.

탈와르와 다른 사제들은 다시 눈썹을 꿈틀거렸다. 이번에도 중요한 내용을 듣지 못한 탓이었다. 라토와 아리셀리스는 뜸을 들이다가 탈와르의 눈초리를 보고서야 자기 실수를 깨달았다.

－아, 둥근 것입니다.

－작아요.

－대장장이 왕이.

－그가 만들었습니다.

연이어 나오는 말을 연결해서 겨우 의미가 생겨났다. 가장 먼저 눈치챈 사람은 과묵한 트라이버였다. 그는 대장장이 왕을 지키기 위해 팔 한 짝을 내어 준 다음에도 후회하지 않는 사람이었다.

－쇠로 된 알을 말하는 거 같은데요.

－쇠로 된 알? 아, 그것 말이군.

탈와르는 아리셀리스에게 다시 물었다.

－대장장이 왕이 최초로 만든 물건을 가져다 달라고 하셨습니까?

－맞습니다, 그겁니다.

－그 물건은.

탈와르가 난처한 듯이 말을 이었다.

－어디에 있는지 우리로서는 전혀 알지 못합니다. 혹시 왕

께서 말씀하셨습니까?

　-기억이, 기억이 나지 않는군요. 너무 급하게 오느라고요.
여러분이 소중히 여기는 물건이라 따로 보관하시지 않는다면
그분의 방에 있지 않겠습니까?

　탈와르는 다른 사제들과 투란에게 대장장이 왕의 방을 뒤
져 보라고 명령했다. 불충한 짓이었으나 어쩔 수가 없었다. 대
장장이 왕도 마법사를 보내면서 각오한 일일 것이다.

　-오늘 밤은 여기서 쉬시고 아침에 출발하시겠습니까?

　-그럴 수가 없습니다. 대장장이 왕의 목숨을 구하려면요.

　탈와르는 심히 놀라는 바람에 얼굴빛이 변했다. 그는 아리
셀리스를 창조의 기둥이 박힌 뜰 건너편 식당으로 안내했다.
라토와 아리셀리스는 요깃거리를 대접받은 후에 자기가 찾아
온 이유를 간단하게 설명했다.

　탈와르가 자기 생각을 말하려고 하는 순간 투란이 밖에서
찾는 소리가 들렸다.

　-사제장님.

　-여기다, 투란.

　새처럼 방 안으로 날아든 투란의 손가락이 은빛 금속으로
만든 자그마한 물건을 소중하게 감싸고 있었다.

　-이거예요.

라토와 아리셀리스는 작지만 묵직한 물건의 감촉을 느끼며 감탄했다. 비슷한 물건을 세상 어디에서도 본 일이 없었다. 절반은 계란처럼 매끈하고 나머지 절반은 용도를 알 수 없는 조각들이 잔뜩 달려 있었는데 아무렇게나 붙여 놓은 것이 아니라 서로 연결되어 일사불란하게 작동하도록 배치한 결과였다. 그 용도는 한 몸에 깃든 두 마법사의 지식으로도 닿을 수 없는 높은 경지에 있었다.

－이만 가 봐야겠습니다.

사정을 들은 다음이라 탈와르는 그를 말리지 못하고 고개를 끄덕였다. 대장장이 왕의 생명이 걸린 일이었다. 이름을 모르는 루 도인 청년의 목숨에는 그만큼 관심이 가지 않는 것이 사실이었다.

－저기.

망설이던 투란이 아리셀리스에게 물었다.

－데스커드는 무사한가요?

라토와 아리셀리스는 너그러운 미소를 보여 주었다.

－어떤 전쟁터도 그를 죽이지는 못할 겁니다.

투란의 환해지는 얼굴을 뒤로하고 아리셀리스는 다시 어둠 속으로 돌아갔다. 모두가 말하기를 마법은 어둠에서 기원했다고 한다. 그렇다면 마법사도 결국은 어둠에 가라앉은 다음에야 진정한 안식에 드는 것이 아닐까?

－데스커드가 걱정되는구나?

투란은 얼굴이 빨개지며 부인했다.

－아니에요, 사제장님. 이제 더 이상 주변에서 사람이 죽는 걸 보고 싶지 않아서 그래요. 오반도 님과 테커 님이 그렇게 되신 다음부터는요.

－그래, 둘에게 일어난 일은.

탈와르는 침울해져서 말을 잇지 못했다.

늦겨울에 찾아온 루 도인 침략자들은 역대 대장장이 왕들이 설치한 신전의 방어 시설을 뚫고 올라올 엄두를 내지 못했다. 대신 그들은 방향을 돌려 대장장이 신전 옆에 붙은 작은 마을을 공격했다. 데스커드와 사제들은 마을을 구원하기 위해 달려갔다. 에이어리가 스승을 돕기 위해 이미 떠난 다음이었다.

루 도인 군대의 힘은 밀물과 같은 것이라 정면으로는 대적할 수 없었다. 루 도인 전사와 무기로 싸울 만한 사람은 가르젠과 데스커드와 탈와르가 전부였다.

－저들을 신전으로 대피시킵시다.

탈와르는 사제장답게 가장 현실적인 방안을 내놓았다. 말을 탄 루 도인 전사들이 멀리서 달려오는 진동에 땅이 울리고 마을의 아이들이 칭얼거리거나 새된 소리를 지르는 혼란 속에서 사제 두 명이 목숨을 잃었다.

사제장 테커의 뒤를 이은 젊은 테커는 아직 신전 주위의 환경에 익숙하지 않았다. 그는 당황한 나머지 몇 번이고 들었던 경고를 무시했다. 대장장이 왕의 방어 장치가 설치된 구역에 발을 들여놓는 바람에 마치 대포알처럼 먼 곳으로 날아가 버렸다.

오반도의 죽음은 더 극적이었다. 마을 사람들을 구하기 위해 마구간의 말이 모두 동원되었는데 그중 한 마리가 과도한 긴장을 견디지 못해 신전 반대 방향으로 달려갔다. 오반도는 자식 같은 말을 따라가서 달래다가 루 도인 부대와 맞닥뜨렸다.

그들은 지체 없이 제국산 말의 늠름한 몸에 무기를 대려고 했다. 오반도가 앞으로 나서며 그들을 막았다.

ㅡ그만두시오.

오반도는 도망친 말과 한 몸처럼 숨을 헐떡였다.

ㅡ이 훌륭한 말에게 무슨 죄가 있겠소?

루 도인 군대의 병사들은 시선을 교환하더니 둘의 생명을 모두 끊었다. 멀리서 오반도를 구하러 말을 타고 달려가던 가르젠과 데스커드와 탈와르의 피가 끓어올랐다.

그중 데스커드의 반응이 가장 격렬했다. 죽음을 맞닥뜨린 경험이 나머지 둘보다 적고 젊음이 충동을 부추긴 탓이었다. 데스커드는 두 사제보다 앞서서 맹렬한 속도로 루 도인 군대의 품에 뛰어들었다.

아무리 데스커드라고 해도 루 도인 군대의 품에 갇혀서 살아남을 수는 없었다. 다행히 루 도인들은 그토록 맹렬하게 돌진하는 기마병에 익숙하지 않았다. 겨우내 연습해도 그들이 도달하지 못한 경지였다.

상대가 주춤하며 물러서는 사이 데스커드는 등자에 한쪽 발을 건 채로 몸을 아래로 기울여 오반도의 시신을 들어 올렸다.

─무얼 하고 있나? 적은 하나다.

대장인 매의 호통을 듣고서야 정신을 차린 루 도인들이 데스커드를 노렸다. 그러나 뒤이어 달려온 가르젠과 탈와르가 마침맞게 돌진한 덕분에 틈이 생겼다.

세 사람은 방향을 돌려 신전으로 연결되는 한 갈래 길을 향해 맹렬하게 달렸다. 그들이 탄 말은 적이 탄 것보다 월등하게 빨랐다. 공교롭게도 데스커드의 품에 안긴 오반도의 공이었다. 루 도인 몇 명이 화살을 날렸지만 전속력으로 달리는 말 위에서 쏜 화살이 더 빠르게 달리는 표적을 맞히기는 어려웠다.

데스커드와 가르젠과 탈와르는 차례로 작은 언덕길에 들어섰다. 뒤이어 진입하던 루 도인 병사의 말이 꿈틀하며 바닥에 쓰러졌다.

-정지, 정지.

갑자기 멈출 수는 없는 노릇이라 루 도인 군대의 선두에서 작은 혼란이 일어났다. 몇 마리 말은 서로 부딪치고 몇 명은 땅바닥으로 떨어졌다.

가장 앞서서 달리던 루 도인과 말에는 날이 시퍼런 작은 창이 여러 개 꽂혀 있었다. 대장장이 왕의 함정을 모르고서 신전으로 이어지는 좁은 길에 들어가는 것은 자살이나 마찬가지였다.

매는 이마를 잔뜩 찌푸리고 추격 중지를 명령했다. 그들은 거기서 밤을 보내고 날이 밝자마자 북쪽으로 전진했다. 매의 마음이 갈팡질팡하는 탓에 명확한 목표는 없었다. 제국 수도에서 한 번, 대장장이 신의 신전에서 한 번, 벌써 두 번이나 실패를 경험한 탓에 매는 위장이 전부 녹아내리는 듯한 고통을 느꼈다.

남은 선택은 두 가지가 있었다. 제국 전역을 떠돌며 약탈을 일삼거나 실패를 인정하고 루 도인으로 귀환해야 했다. 매는 하루 더 길에서 망설인 끝에 돌아가는 것을 선택했다. 그 와중에 어리석게 탈영하는 자들이 나왔는데, 그중 하나는 우연히 모제스의 동행이 되었다.

대장장이 신의 사제들은 루 도인 군대가 돌아가는 것을 보고 테커가 날아간 방향을 수색한 끝에 시신을 수습했다.

라토와 아리셀리스가 방문했을 때 신전 사람들에게서 느꼈던 절망과 침울함은 그런 사연에서 나온 것이었다. 그러나 형제는 당시 그런 인간의 감정에 관심이 없었다. 그들의 손에 있는 정체를 알 수 없는 기계가 궁극적인 목적을 달성하게 해 주리라는 기대가 다른 생각이 침입할 틈을 주지 않았다.

–마침내 파멸을 되돌릴 수 있게 되었구나.

라토의 목소리였다. 아리셀리스는 대꾸하지 않았다. 두 형제가 깃든 마법사의 육체는 밤하늘을 마다하지 않고 가로지르며 대장장이 왕에게 돌아갔다. 별을 보며 소원을 빌던 사람에게 그 모습은 마치 어둠으로 빨려들어 다시는 형체를 지니지 못하고 사그라지는 것처럼 보였다.

✦ 작품 해설 ✦

전쟁 중에 평화를 생각하다

오세란 문학평론가

대작 『대장장이 왕』의 첫 독자가 되어 완결되지 않은 시리즈를 한 권씩 읽으며 해설을 쓰는 작업은 참으로 기쁘고 영광스러운 일이다. 그러나 이야기가 어떻게 전개될지 알 수 없는 상황에서 앞일을 예상하는 것은 다소 조심스러운 작업이기도 하다. 또한 시리즈가 한 권씩 쌓이면서 해설을 위해 책을 읽어야 하는 시간이 점점 늘어나고 있다. 주요 등장인물의 행보는 기억하지만 등장인물의 수도 적지 않고, 작품 구성이 복잡한 편이라 앞의 내용을 다시 확인해야 하기 때문이다.

7권 원고를 읽으며 나는 6권에 썼던 나의 해설도 다시 읽어

보았다. 6권 해설에서 나는 '전쟁 서사로써『대장장이 왕』이 갖는 의미'라는 제목으로 전쟁과 대장장이 왕 그리고 판타지 서사의 의미를 짚었다. 사실은 그 해설을 쓰면서도『대장장이 왕』이 가진 전쟁 서사의 의미에 대해 반신반의하는 마음이었다. 많은 판타지의 경우 전쟁 서사 자체가 중심 서사이자 주제인 반면 '대장장이 왕'은 전쟁 서사의 모양새를 가지고 있으나 전쟁은 일종의 서사 전략일 뿐 정말 하고 싶은 이야기는 그 안에 숨겨져 있다는 생각이 들었기 때문이다. 따라서 전쟁 이야기로 전개되는 이 작품을 전쟁 서사로 짚지 않다가 전쟁이 본격적으로 전개되는 6권 해설에서야 전쟁에서 여러 나라와 인물이 어떤 역할을 맡고 있는지 그 구도를 정리해 보았다. 그리고 7권을 읽는 지금 내 생각은 보다 분명해졌다. 이 작품은 전쟁을 말하고자 하는 작품이 아니라 전쟁을 빌려 인간이 가진 악의 감정이 어떻게 태어나는지 그것이 어떠한 갈등과 분열을 일으키는지를 주제로 삼은 작품이다.『대장장이 왕』은 전쟁을 빌려 '평화'를 꿈꾸고자 한다.

루 도인의 입장에서 본 전쟁의 의미

6권 해설을 다시 읽었을 때 다행스럽게 생각한 부분은 전쟁을 통해 인간의 욕망을 그리고자 했던 이 작품의 의미를 짚었다는 점이다. 이 작품에서 전쟁이 촉발된 원인은 단순한 영토 싸움이 아니라 하나의 나라였던 스타인의 분열이나 제국의 황제 자리를 놓고 벌어진 사촌 형제 간의 배신이었다. 따라서 어떤 나라가 전쟁에서 최후의 승리를 거둘지 보다 각각의 인물들이 품은 욕망의 궤도를 어떻게 그려 나갈지 궁금했다.

7권에서도 전쟁은 계속된다. 제국의 황제 자리를 탈환하려는 에젠 왕국의 오셀롯은 놋 페누아와 마법사 왕국의 마법사들, 루 도인 등을 포섭하여 한편으로 만들었다. 제국 쪽은 바실 장군을 비롯해 아베로에스, 젤레즈니, 플리니 대공과 마르쿠스, 수무르가 중심이 된 스타인 출신들, 애커 왕국, 그리고 마법사 왕국 라토와 아리셀리스 등이 합류한다. 그리고 이들의 중심에 대장장이 신의 사제인 가르젠이 있다. 이러한 예상하지 못한 배치는 앞으로의 상황을 예측 불가능하게 만들기도 한다.

이 대규모 전쟁은 카니세리움까지 동원된 박진감 넘치는 전투 장면도 있으나 대체로 치열한 영토 싸움으로 전개되기보다 스탐노스 펠리스가 황제에게 보내는 전쟁 상황을 기록한 서한을 통해 요약되거나 전쟁이라는 명분 뒤에 숨겨진 개인의 위선과 탐욕을 고발하는 장면이 반복된다. 즉 여전히 전쟁 서사이면서도 전쟁을 그린 장면이 신나게 읽히지 않는다. 7권 후반으로 가면 제국의 황제 팔라스 펠리스나 루 도인 출신 장군 '작', 스타인을 되찾으려는 레푸스 등 전쟁에서 가장 호전성을 보여야 할 인물들이 도리어 피로감을 느끼는 것도 전쟁을 회의적으로 보게 하는 요인 중 하나다.

대신 7권은 전쟁에서 가장 큰 힘을 발휘하는 루 도인들에게 숨겨진 창조의 비밀을 밝히는 데 더욱 주력한다. 제국의 장군 '작'을 비롯하여 '예', 젊은 장군 '무' 등이 보여 주었듯이 루 도인은 마치 전쟁 용병이 되기 위해 태어난 듯 강한 힘을 지녔다. 지난 편에 밝혀진 가장 놀라운 비밀은 '나, 이름 없는 관찰자'가 바로 초대 대장장이 왕이었으며 그가 마법사 나라의 왕이었던 세타세와 공모하여 루 도인을 만들었다는 사실이다. 이렇게 창조된 루 도인의 가장 큰 특징은 강한 육체적 힘이며, 당연히 이들은 서사 속 전쟁에서 강한 용사로 등장하여 두드러진 활약을 할 수밖에 없다.

7권에서 '나, 이름 없는 관찰자', 초대 대장장이 왕은 루 도인을 만든 사건을 좀 더 상세히 고백하고 참회한다. 그는 대장장이 왕의 힘만으로는 생명체를 창조하기 어려워 마법사의 왕 세타세에게 생명체 만들기를 제안한다. 이때 세타세는 "나는 우리가 만들어 내는 생명체를 10년 동안 내 마음대로 다루고 다스리기를 원하오. 정확히 10년, 이후에는 그들을 카니세리움처럼 자유롭게 풀어줄 생각이오."(93쪽)라며 위험한 제안을 한다. 초대 대장장이 왕은 세타세의 제안에서 의심을 느끼고 그들을 동물을 대하듯 함부로 해서는 안 된다고 경고하지만 안타깝게도 생명을 가진 피조물을 만들 욕심이 앞서 생명체의 존엄과 권리를 진지하게 생각하지 못한다.

초대 대장장이 왕은 세타세와 생명체를 만들고, 10년 간 세타세에게 생명체를 관리할 권리를 준 뒤 대장장이 신전으로 돌아온다. 그리고 그날 밤 신의 징벌을 받아 육체를 잃고 세상 밖에서 세상을 관찰하게 된다. 그는 육체를 잃은 후 인간을 꿰뚫어 볼 수 있는 능력을 가졌으나 그로 인해 더욱 괴로움을 겪게 된다. 세타세의 잘못된 욕망과 그것이 불러올 화를 목격하면서도 그것을 막을 육체가 부재하기 때문이다. 그는 세타세에게 '깊이를 알 수 없는 악의'를 느낀다. 세타세는 악의 근원을 상징한다. 세타세는 '만들어진 자들이 인간과 똑같은 취급을 받아서는 안 된다. 그들에게는 구별되는 낙인이 있어야 한다'라는 이기적인 생각으로 루 도인의 피부를 비롯하여 외모마저 보통의 인간과 다르게 바꾸어 버린다.

결과적으로 루 도인에게는 강한 체력뿐 아니라 '반항'과 '증오'가 가슴 깊이 새겨진다. '반항'과 '증오'의 감정은 억압된 채 차곡차곡 쌓였다가 전쟁처럼 폭력이 정당화될 때 불쏘시개처럼 발화되어 전쟁을 증폭시킨다. 이 작품은 루 도인을 통해 인간에게 존재하는 '선'과 '악', 특히 악의 감정들이 어떻게 출발하여 이어지고 증폭되는지를 밝힌다. 흥미로운 것은 루 도인은 바로 '존재'를 가리키는 동시에 '영토'를 뜻하는 단어라는 점이다. 존재와 세계를 동시에 한 단어로 부르는 것은 루 도인이 가진 안타까운 역사의 의미를 강조하기 위함이 아닐까?

에이어리가 깨달은 자신의 역할

『대장장이 왕』은 전쟁고아 에퍼였던 어린 소년 에이어리가 대장장이 왕으로 성장하는 판타지다. 작품의 서사 시간은 대체로 연대기적이지만 에이어리가 태어나기 300년 전으로 종종 역행한다. 이 작품에서 가장 중요한 핵심은 300년 전 초대 대장장이 왕이 루 도인을 만든 사건이기 때문이다. 그리고 루 도인을 창조한 두 인물의 후손인, 대장장이 왕 에이어리와 마법사 형제 아리셀리스와 라토에게 그것을 되돌려야 할 임무가 주어진 듯하다.

　이름 없는 관찰자, 초대 대장장이 왕은 300년간 세계를 보며 절망하면서도 치밀한 계획으로 에이어리의 성장을 견인한다. 에이어리와 초대 대장장이 왕은 어느 지점에서 마주할 수밖에 없으며 그 만남이 바로 이번 편에서 이루어진다. 에이어리는 오카브가 참전한 카부스빌의 전투에서 오셀롯의 명령에 따르는 루 도인의 군대를 맞아 루 도인의 장군 무와 결투를 벌이던 중 무와 함께 알 수 없는 세계로 들어서게 된다. 그들이 사람들의 시야에서 사라져 닿은 곳, 판타지인 이 작품에서도 가장 환상적인 미지의 공간에서 에이어리와 루 도인의 장군 무 그리고 노인의 모습이 된 초대 대장장이 왕이 마주한다. 세 사람은 봄과 여름을 지나는 석 달 동안 이 마을에 머물며 잠시 세상 밖에서 이 모든 전쟁의 의미에 대해 숙고하는 시간을 가진다.

　이때 무가 에이어리에게 들려주는 대화는 전쟁에 참전한 루 도인들의 심정을 대변한다. 루 도인들은 평화를 갈구하지만 평화를 얻을 수 없고, 그들이 바라는 것은 전쟁이나 복수가 아니라 '다만 합당한 대우'를 받는 것이었으나 영원히 용서, 화해, 평등은 얻을 수 없는 듯 보인다. 초대 대장장이 왕은 루 도인에게 '천사의 자식들'이라는 이름을 붙여 주었으나 그들은 현재 그러한 고귀한 이름에 걸맞지 않는 삶을 살고 있다. 루 도인의 표적을 알 수 없는 분노는 대규모 전투에 참전하는 결과로 이어졌다.

에이어리 또한 자신의 정체성에 대해 깊이 고민하는 시간을 가진다. 그는 대장장이 왕은 그저 신의 힘을 담아 놓은 그릇임을 깨닫는다. 이는 그가 앞으로 해야 할 일을 점검하는 시간이기도 하다. 결국 에이어리는 이 마을조차 자신이 만든 것임을 인지한다. 이곳은 바로 인생의 위기 중 잠시 쉬어야 할 때 비로소 나타나는 은둔의 장소, 소명의 땅, 레퓨지아이기 때문이다.

에이어리가 자신의 역할을 깨닫고 무와 함께 돌아온 곳은 바로 가르젠부터 아리셀리스 형제까지 모여 있는 전장의 중심이고 무는 그곳에서 쓰러져 정신을 잃게 된다. 에이어리는 무를 살리기 위해 애쓰며 그의 목과 가슴 사이에 비어 있는 공간을 발견하고 그곳이 바로 자신이 대장장이 왕이 되어 처음 만든 기계가 놓일 자리임도 깨닫게 된다. 바로 그 기계를 만들었기에 그의 이름이 에이어리로 정해졌던 것이다. 그 기계를 급히 가져오기 위해 마법사인 아리셀리스와 라토 형제는 대장장이 왕의 신전으로 날아가고 그들은 도구를 손에 넣는다.

과연 두 형제가 투란에게 받은 도구는 에이어리에게 무사히 전해질까?

이 작품은 루 도인의 상처와 분노, 그로 인한 전쟁과 분열의 서사일 뿐 아니라 루 도인으로 상징되는 인간들이 가진 선과 악의 속성에 관한 이야기이기도 하다. 그리고 이제 루 도인이 자유, 평등, 평화를 누리기 위해 에이어리가 달려야 하는 숨 막히는 여정이 남아 있다. 앞서 언급했듯이 해설에서 다음 편을 추측하는 것은 위험한 일이다. 그럼에도 나는 다음 편의 내용을 상상하지 않을 수 없다. 마법사 형제가 투란에게 전해받은 그 물건은 쉽게 에이어리에게 전해지지 않을 것이다. 또한 세타세가 예비한 알툰세의 힘을 몸에 지닌 마법사 형제와 자신의 역할을 깨달은 에이어리, 이들이 루 도인의 평화와 회복을 위한 마지막 승부를 가릴 것이다. 평화는 쉽게 오지 않는다. 그러나 우리는 전쟁의 한복판에서 평화의 씨앗을 발견한다.

이번 편에서 내가 가장 아름답게 읽은 대목은 폴로 공국을 다스리는 아크마트의 아들, 모제스가 루 도인의 땅으로 가던 중 루 도인 탈영병인 열여섯 살의 모를 만나 동행하는 장면이다. 생생하고 박진감 넘치는 전투신이 아닌 모제스가 패잔병 모의 손을 잡는 풀꽃 같은 장면을 작가는 공들여 그렸다. 이 장면은 8권에서 벌어질 사건을 암시하는 것 같기도 하고, 어쩐지 나는 이 장면에서 이 작품이 꿈꾸는 주제를 희미하게나마 본 듯도 하다.

대장장이 왕 7

땅에서 격전이 치러지고 하늘에 두 번째 태양이 솟아난다

초판 1쇄 인쇄 2024년 12월 6일
초판 1쇄 발행 2024년 12월 18일

지은이 허교범
펴낸이 최순영

어린이 문학1 팀장 박현숙
편집 김민정
키즈 디자인 팀장 이수현
디자인 진예리

펴낸곳 (주)위즈덤하우스
출판등록 2000년 5월 23일 제13-1071호
주소 서울특별시 마포구 양화로 19 합정오피스빌딩 17층
전화 02) 2179-5600 **내용문의** 02) 2179-5707
홈페이지 www.wisdomhouse.co.kr

ⓒ 허교범, 2024
ISBN 979-11-7171-335-6 44810
    979-11-6812-417-2 (세트)

* 이 책의 전부 또는 일부 내용을 재사용하려면 반드시 사전에 저작권자와 (주)위즈덤하우스의 동의를 받아야 합니다.
* 인쇄·제작 및 유통상의 파본 도서는 구입하신 서점에서 바꿔드립니다.
* 책값은 뒤표지에 있습니다.